日語！就這麼簡單

にほんご これだけ！

1

庵 功雄 監修

大新書局　印行

0 れい・ぜろ	**10** じゅう	**20** にじゅう	**400** よんひゃく
1 いち	**11** じゅういち	**30** さんじゅう	**500** ごひゃく
2 に	**12** じゅうに	**40** よんじゅう	**600** ろっぴゃく
3 さん	**13** じゅうさん	**50** ごじゅう	**700** ななひゃく
4 よん・し	**14** じゅうよん・じゅうし	**60** ろくじゅう	**800** はっぴゃく
5 ご	**15** じゅうご	**70** ななじゅう	**900** きゅうひゃく
6 ろく	**16** じゅうろく	**80** はちじゅう	**1,000** せん
7 なな・しち	**17** じゅうなな・じゅうしち	**90** きゅうじゅう	**5,000** ごせん
8 はち	**18** じゅうはち	**100** ひゃく	**10,000** いちまん
9 きゅう	**19** じゅうきゅう・じゅうく	**200** にひゃく	**100,000** じゅうまん
		300 さんびゃく	**1,000,000** ひゃくまん

なんがつ？ 幾月？

2

1 いちがつ	**2** にがつ	**3** さんがつ	**4** しがつ
5 ごがつ	**6** ろくがつ	**7** しちがつ	**8** はちがつ
9 くがつ	**10** じゅうがつ	**11** じゅういちがつ	**12** じゅうにがつ

日 にちようび	月 げつようび	火 かようび	水 すいようび	木 もくようび	金 きんようび	土 どようび
1 ついたち	**2** ふつか	**3** みっか	**4** よっか	**5** いつか	**6** むいか	**7** なのか
8 ようか	**9** ここのか	**10** とおか	**11** じゅういちにち	**12** じゅうににち	**13** じゅうさんにち	**14** じゅうよっか
15 じゅうごにち	**16**	**17**	**18**	**19**	**20** はつか	**21** にじゅういちにち
22	**23**	**24** にじゅうよっか	**25**	**26** きのう	**27** きょう	**28** あした

なんじ？ 幾點？

じゅうにじ いちじ にじ さんじ よじ ごじ ろくじ しちじ はちじ くじ じゅうじ じゅういちじ

なんようび？ 星期幾？

なんにち？ 幾號？

いつ？ 什麼時候？

早上 **あさ**　　中午 **ひる**

ばん 晚上　　**ゆうがた** 傍晚

いにち	まいしゅう	まいあさ	まいばん	いつも	ときどき
每天	每週	每天早上	每晚	總是	偶爾

もくじ

0 はじめに 14

1 おなか が すきました 20

2 わたし の プロフィール 24

3 わたし の いちにち 28

4 まち の じょうほう いろいろ 32

5 りょこう を しました 36

6 わたし の いちねん / いっしょう 40

7 おかね が あったら 44

8 すき が いっぱい 48

9 げんきです か? 54

10 わたし の うち 58

11 なんばい のむこと が できます か? 62

12 わたし の たいせつな ひと 66

13 テレビばんぐみ 72

14 それ、いいです ね! 76

15 かいもの 80

16 びっくり しました! 84

17 わたし の へや 90

これだけの使い方　　4

この本について　　8

おしゃべりのコツ　94

語彙表　　98

これだけの使い方

このトピックで何をするか書いています。

下のイラストを使ってやりとりする例を書いています。

おしゃべりのどうぐ箱

おしゃべりが弾むための素材や道具を紹介しています。役に立ちそうだと思ったら活動前に用意しておきましょう。

START!

こんにちは。
こんにちは。

では、
はじめましょう。
はい。

今日朝ごはんを食べましたか?

はい、食べました。

わたしは、今日パンとりんごを食べました。

マリオさんは、朝、何を食べましたか?

単語のページ

1、2ページ目はこのトピックで使う主な単語を紹介しています。単語を一緒に読んだり、表現に単語を入れて質問をしたりしながらおしゃべりしましょう。単語の意味がわからないときは、語彙表を使って本の中のイラストを探してください。

わたし…ごはん。

ごはん…、これですか?

おしゃべりのコツ

おしゃべりが弾むための進め方、外国人参加者へのサポートの仕方などについてアドバイスしています。

にほんごこれだけ!
これだけ表紙のうら

表紙のうらには、活動をすすめるときに必要な文型や基本的な単語の説明や翻訳が載っています。

じゃ、次は…
わかりますか?
これです。

そう、それです。

わかります。でも、なまえ、わかりません。

ああ、わかりました!コーヒー。

はい、コーヒーです。

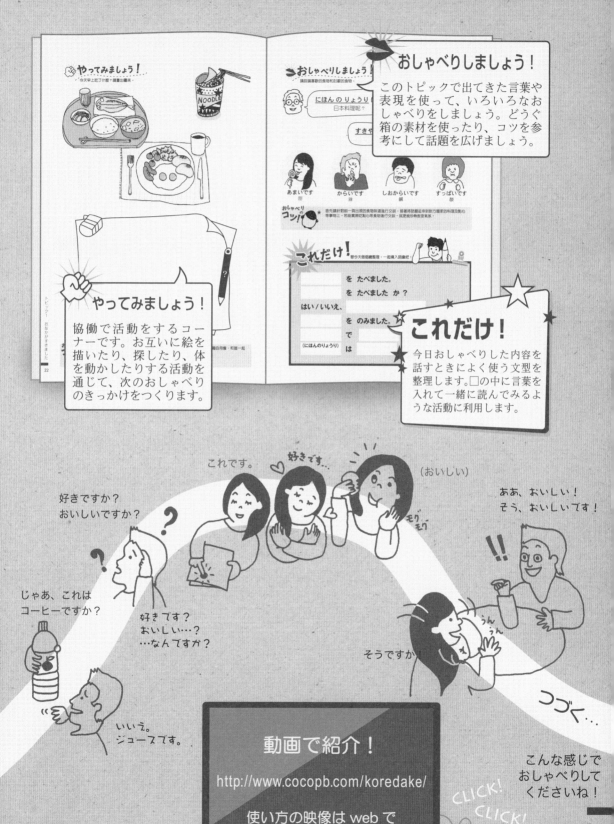

やってみましょう！

協働で活動をするコーナーです。お互いに絵を描いたり、探したり、体を動かしたりする活動を通じて、次のおしゃべりのきっかけをつくります。

おしゃべりしましょう！

このトピックで出てきた言葉や表現を使って、いろいろなおしゃべりをしましょう。どうぐ箱の素材を使ったり、コツを参考にして話題を広げましょう。

これだけ！

今日おしゃべりした内容を話すときによく使う文型を整理します。□の中に言葉を入れて一緒に読んでみるような活動に利用します。

動画で紹介！

http://www.cocopb.com/koredake/

使い方の映像は web で
公開しています。

こんな感じで
おしゃべりして
くださいね！

本書的使用方法

這裡記著在此章節要做什麼事。

記有使用下圖進行對談的範例。

START!

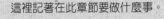

こんにちは。
こんにちは。

では、
はじめましょう。
はい。

今日朝ごはんを
食べましたか？

はい、
食べました。

おしゃべりのどうぐ箱

在此介紹用來帶出話題的素材及道具。如果你覺得可以派上用場，就在活動之前事先準備好吧。

単語のページ

第 1、2 頁會介紹此章節中主要使用的單字。請在談話的同時一起朗誦單字，或在表達方式中填入單字進行詢問。如果不知道單字是什麼意思，請使用語彙表尋找書中的圖片。

おしゃべりのコツ

針對活絡談話氣氛的方法，以及協助外國參與者的方法等給予建議。

わたしは、今日
パンとりんごを
食べました。

マリオさんは、
朝、何を
食べましたか？

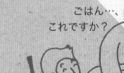

にほんごこれだけ！
これだけ表紙のうら

封面內頁上寫著進行活動時必備的句型、基本單字說明及翻譯。

わたし…ごはん。

ごはん…、
これですか？

じゃ、次は…
わかりますか？

これです。

はい、
コーヒーです。

そう、それです。

わかります。
でも、なまえ、
わかりません。

ああ、わかりました！
コーヒー。

本書的使用方法

6

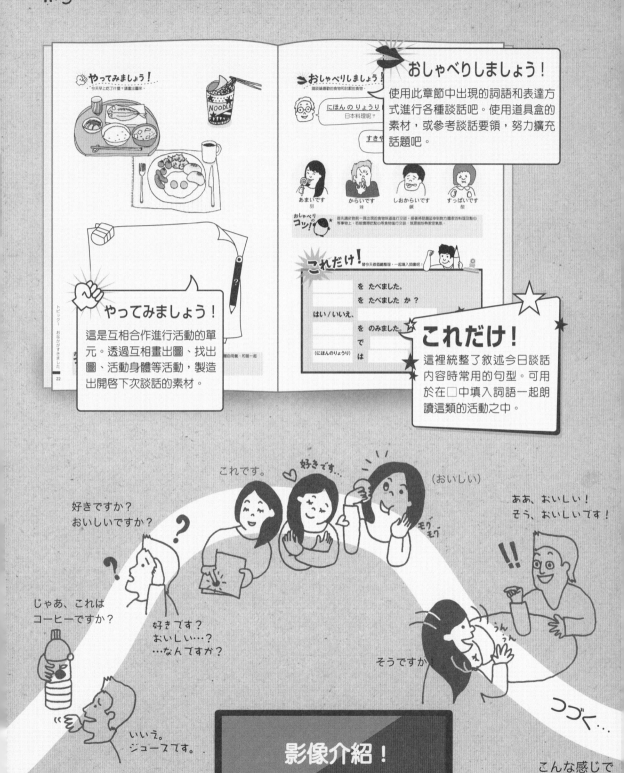

ポイント!　附有問句形式的會話句作為談話的範例，但請不要用來以強硬的態度逼問外國參與者。提問時，
若能先試著說出自己的情況，對方也會比較容易開口。

やってみましょう！

これだけ！

おしゃべりしましょう！

にほんの りょうり
日本料理？

すきや

あまいです　からいです　しおからいです　すっぱいです
甜　　辣　　鹹　　酸

おしゃべりのコツ！　首先請針對前一�回出現的食物味道進行交談，接著從請談話中對方國家的料理及點心
等事項上，若能實際的點心等食物進行交談，就更加熱熱氣氛。

これだけ！　替今天做個整理，一起填入詞彙吧！

＿＿＿＿＿ を たべました。
＿＿＿＿＿ を たべました か？
はい／いいえ、
＿＿＿＿＿ を のみました。
（にほんのりょうり）　で
は

やってみましょう！
這是互相合作進行活動的單
元。透過互相畫出圖、找出
圖、活動身體等活動，製造
出開啟下次談話的素材。

おしゃべりしましょう！
使用此章節中出現的詞語和表達方
式進行各種談話吧。使用道具盒的
素材，或參考談話要領，努力擴充
話題吧。

これだけ！
這裡統整了敘述今日談話
內容時常用的句型。可用
於在□中填入詞語一起朗
讀這類的活動之中。

これです。

好きです…

（おいしい）

好きですか？
おいしいですか？

ああ、おいしい！
そう、おいしいです！

じゃあ、これは
コーヒーですか？

好きです？
おいしい…？
…なんですか？

モグモグ

うんうん

そうですか！

つづく…

いいえ。
ジュースです。

影像介紹！

http://www.cocopb.com/koredake/

使用方法的影像刊載於網站上。

こんな感じで
おしゃべりして
くださいね！

CLICK!
CLICK!

この本について

　「にほんごこれだけ！」は、日本語を使って日本人参加者と外国人参加者とが楽しくおしゃべりをするための本です。この本では、便宜上、日本語を学習する立場の人たちを、「外国人参加者」、その日本語学習を指導、支援するボランティアの人たちを「日本人参加者」と呼ぶことにします（もちろん、日本語ができる外国人が、会話をすすめる立場に立つこともあり得ます）。

　ここではボランティア初心者の A さん、そして、ベテランの B さん（いずれも日本人参加者）からのよくある質問に答える形式で、この本の使い方を説明します。

この本はだれが使うの？

日本人参加者（日本語ボランティア）と外国人参加者（日本語教室に参加する初級の学習者）です。一対一で使ってもいいし、少人数のグループでもおしゃべりを楽しめるようになっています。

日本語のボランティアは初めてだけど、大丈夫？

大丈夫です。この本の目的は、「教える」ことではなく、参加者がお互い知っているいろいろな情報を交換して「会話を楽しむ」ことです。

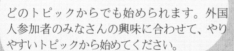

一つのトピックをどのぐらいの時間でやるの？

一つのトピックについて、だいたい20～40分ぐらいの間、おしゃべりできるように作ってあります。これは目安ですので、もっと短くなることもあるでしょうし、盛り上がったらどんどん長くなるでしょう。

この本だけで大丈夫？

たくさんイラストがありますから、この本だけでもおしゃべりできますが、「おしゃべりのどうぐ箱」にある材料（写真・イラスト・雑誌の切り抜き・広告・地図・実物など）を用意しておくと、もっと盛り上がるでしょう。

トピック 1 から順番にやるの？

どのトピックからでも始められます。外国人参加者のみなさんの興味に合わせて、やりやすいトピックから始めてください。

単語や文法の説明はできないけど・・・

説明ができなくてもかまいません。困った時には、「表紙のうら」や本の後ろの語彙表を使ってみましょう。

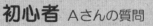

本の指示どおりに進めなければいけないの？

いいえ、指示の通りに進めなくても、外国人参加者が楽しんでいれば、おしゃべりが本とは違う方向にいってもかまいません。

初心者 Aさんの質問

Q この本の構成は?

—— この本は、いわゆるトピックシラバスで作成されています。外国人参加者の興味や好みに応じてどこからでも始められるモジュール型です。外国人参加者のだれが、いつ教室に来ても対応できることを目指しています。

Q トピックシラバスでは、活動が組み立てにくいのでは?

—— この本は、いわゆる「これを使って授業をする教科書」ではなく、日本人参加者と外国人参加者とがお互いの会話を弾ませるための「リソース集」的な性格の本です。おしゃべりをとおした異文化交流をする中で、必要最小限の日本語の言葉と文型を覚えていってもらうことを狙っています。

Q この本の表記方法は?

—— 初級の学習者にもわかるよう、各トピックの指示は、仮名の分かち書き表記です。各トピックのタイトルに訳語が付いています。また「おしゃべりのコツ」は、日本人参加者に向けた会話をより発展させるためのヒントなので、普通の漢字仮名交じり文になっています。

Q 他のトピックシラバスの教科書との違いは?

—— 例えば、『にほんご宝船』や『にほんごおしゃべりのたね』などもよく似たトピックシラバスで作られていますが、「にほんごこれだけ!」は、もっと日本語のレベルが低い人向けに作られています。ゼロ初級にも対応できるよう工夫しています。トピック0は特にゼロ初級用に作られています。

Q 「おしゃべり」だけでは文法は学べないのでは?

—— たしかに、ただのおしゃべりだけでは文法は身につきません。この本の文法習得に対する態度は「隠れ文法」です。各トピックに紹介されている写真や絵を使った活動の中に、ごく自然に使われる文型や表現が、「隠れて」います。そして、一つの文型が、スパイラル方式で複数回、出てきます。各トピック最後にある「これだけ!」がそのトピックのおしゃべりの中で、自然に使うことができる文型のリストになっています。この本に出てくるすべての文型は表紙のうらにまとめてあります。

Q この本を使いこなすのは、素人では無理なのでは?

—— この本を使えば、ボランティア初心者や日本語をまったく教えたことがない方でも、おしゃべりを通して外国人参加者の会話能力をゆるやかに積み上げていくことは可能でしょう。しかし、前述のように、この本の特徴は、おしゃべりしながら、さりげなく隠された文法を、違うトピックで繰り返し使うという、「隠れ文法」の使いまわしです。ですから、もちろんベテランの先生なら、その「使いまわし」のコーディネートが臨機応変にでき、より有効にこの本を使っていただけるはずです。

Q 「にほんごこれだけ!」の「これだけ」は、どれだけ?

—— ゼロ初級の学習者でも、生活の中で必要最低限の会話能力が身につけられるように、文型を選んであります(一覧は表紙のうら参照)。「隠れ文法」をおしゃべりの中で使いまわすことで「ゆるやかに」積み上げていくイメージです。

ベテラン教師 Bさんの疑問

「日語！就這麼簡單1」是一本幫助日本參與者和外國參與者愉快地以日語進行交談的書。為了方便起見，本書將立場為學習日語的人稱為「外國學習者」，而參與日語教學指導、協助之志工人員則稱為「日本參與者」（當然，會說日語的外國人也可能扮演推動談話進行的角色）。

在這裡，剛成為教學志工的 A 先生和資深志工 B 先生（兩位皆為日本參與者）將提出一些關於本書的常見問題，我們就以回答這些問題的形式，來說明本書的使用方法。

本書適合什麼人使用 ?

適合日本參與者（日語教學志工）和外國參與者（加入日語班的初級學習者）使用。可用於一對一教學，在小團體活動中也能增加會話的樂趣。

我第一次當日語教學志工，不會有問題嗎 ?

完全沒問題。本書的目的並非「教學」，而是讓參與者互相分享自己所擁有的各種資訊，「享受會話的樂趣」。

一個章節要花多少時間進行呢 ?

一個章節的內容設計為可進行 20～40 分鐘左右的會話。這僅僅是大致推算的時間，因此實際進行時可能會略短一點，或是在氣氛熱烈下延長時間。

只靠這本書沒問題嗎 ?

書中附有大量圖片，因此就算只用這本書也能進行對談。不過若能事先準備好「談話道具盒」中的材料（照片、圖片、雜誌剪報、廣告、地圖、實際物品等），應該更能炒熱教室氣氛。

從章節 1 開始依序學習嗎 ?

任何章節皆可作為課程開頭。請配合外國參與者的興趣，從容易入門的章節展開課程。

我不會說明單字和文法⋯⋯

無法說明也不要緊。有困難的時候，請試著運用「封面內頁」或書末的語彙表。

一定要遵照書中的指示進行對談嗎 ?

不，如果不依照書中指示也能讓外國參與者體驗會話樂趣的話，對談也可以朝著和本書不同的方向發展。

菜鳥　A 先生的提問

Q 本書的結構是？

——本書是根據主題大綱編寫而成，是能因應外國參與者的興趣及喜好，選擇適當章節展開課程的教學模組。其目的是，讓任一位外國參與者在任何時候參與學習，都能立即進入狀況。

Q 主題大綱的教學應該很難設計活動吧？

——本書並非「用於授課的教科書」，而是用來激發日本參與者和外國參與者互相對談，具有「話題庫」性質的書。其最大目標，是讓參與者在透過對談交流異國文化之中，學會溝通所需最低限度的日語詞彙及句型。

Q 本書使用的文字形式是？

——為了讓初級學習者也能充分理解內容，各章節的指示皆以假名表示，並在詞與詞之間以空白分隔開來。各章節標題附有翻譯。此外，「談話要領」單元是提供日本參與者讓會話更進一步擴展的祕訣，因此是以一般漢字假名混用文體表示。

Q 本書和其他主題大綱教科書的相異點在於？

——舉例來說，『日語交流寶庫』和『にほんごおしゃべりのたね』等書也是以類似的主題大綱編寫而成，但「日語！就這麼簡單1」是專為日語程度更低的人設計，就連完全零基礎的學習者也適用。章節0正是特別針對零基礎的人編寫而出的章節。

Q 光是「對談」是學不到文法的吧？

——單憑對談的確無法掌握文法。本書對文法學習是採取「隱藏文法」的態度。使用各章節介紹的照片或圖片所進行的活動中，皆「隱藏」著用於該場合最自然的句型和表達方式，而且同一個句型會以螺旋形式反覆出現。位於各章節最後的「重點在此！」單元，即列出了能在該章節會話中自然應用的句型一覽表。而出現於本書的所有句型皆統整在封面內頁之上。

Q 日語教學門外漢是否無法充分活用本書？

——使用了這本書，即使是剛成為教學志工的人或完全沒教過日語的人，應該也能透過對談讓外國參與者逐步提升會話能力。但是，如先前所述，本書的特徵是，學習者在對談的同時，不自覺地將隱藏其中的文法反覆使用於各種不同的主題上，即「隱藏文法」的多方面應用。因此，有經驗的教師當然更能讓這種「多方面應用」的機制隨機應變於課堂活動上，更有效地運用本書。

Q 「日語！就這麼簡單1」提供的「訣竅」是什麼？

——為了讓毫無日語基礎的學習者，也能具備生活所需最低限度的會話能力，本書特別精選了句型（句型一覽表請參照封面內頁）。在對談中反覆使用「隱藏文法」，藉此「漸漸」提升能力。

資深教師 B先生的疑問

智慧筆點讀功能說明

● 點章節標題，即唸此章節標題。

1 おなか が すきました

肚子餓了
看圖互相談論吃過的食物、喝過的飲料以及喜歡的食物等話題。

おしゃべりの
菜單
超級市場的
傳單
どうぐ箱

あさ パン を たべました か？
早上吃麵包了嗎？

はい、たべました。
吃了。

● 點日文句子，即唸此句子。

いいえ、たべませんでした。
不，沒吃。

● 點人物，即唸此人的整段會話。

パン 麵包

サラダ 沙拉

めだまやき 荷包蛋

● 點插圖，即唸與之對應之日文內容。
● 點日文單字，即唸此單字。

パスタ 義大利麵

すし 壽司

すき

ぎゅうにゅう 牛奶

こうちゃ 紅茶

コーヒー 咖啡

おちゃ 茶

ジュース 果汁

みず 水

あさ コーヒー を のみました か？
早上喝咖啡了嗎？

いいえ、なに も のみません でした。
不，我什麼也沒喝。

● 點人物，即唸此人的整段會話。

くだもの で なに が すき です か？
水果之中你喜歡什麼呢？

バナナ が すき です。
我喜歡香蕉。

やさい
蔬菜

にく
肉類

さかな
魚類

● 點插圖及日文單字，
　即唸與之對應之日文內容。

くだもの
水果

トピック1　おなかがすきました
20

ポイント！　即使不從章節1開始，從任何章節開始會

おしゃべりの
コツ！　若是這裡沒有的食物或飲料，就請對方在筆記本等紙張上畫出來吧！「食べます」、「飲みます」的含義讀以肢體語言表示。如果今天尚未進食，就使用「昨日食べましたか？（昨天吃了嗎？）」等句子談論昨天的事情吧。

21

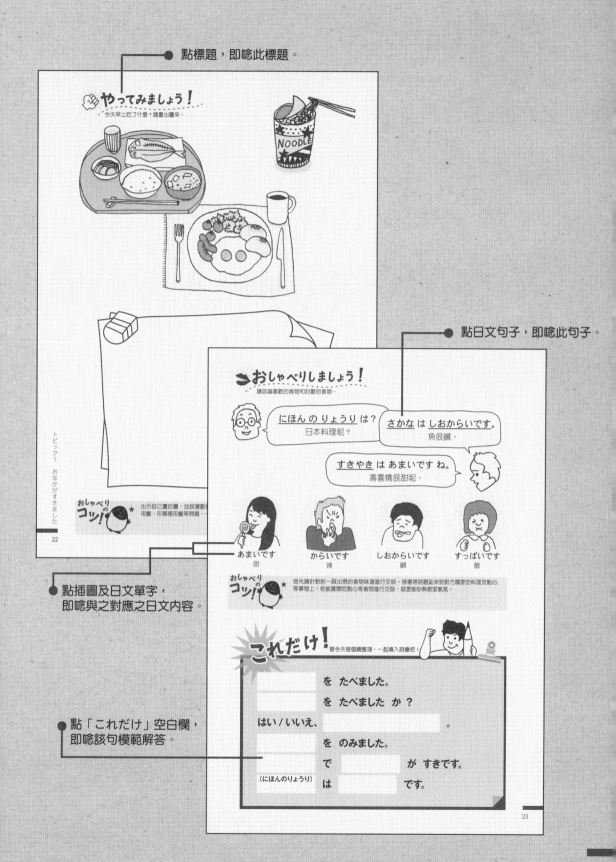

點標題，即唸此標題。

やってみましょう！
今天早上吃了什麼？請畫出圖來。

NOODLE

おしゃべりしましょう！
請談論喜歡的食物和討厭的食物。

にほん の りょうり は？
日本料理呢？

さかな は しおからいです。
魚很鹹。

すきやき は あまいです ね。
壽喜燒很甜呢。

點日文句子，即唸此句子。

あまいです
甜

からいです
辣

しおからいです
鹹

すっぱいです
酸

おしゃべりのコツ！
出示自己畫的圖，並試著動過□□□□
用餐、在哪裡用餐等問題，□□□□

おしゃべりのコツ！
首先請針對前一頁出現的食物味道進行交談。接著將話題延伸到對方國家的料理及點心等事物上。若能實際吃點心等食物進行交談，就更能炒熱教室氣氛。

點插圖及日文單字，
即唸與之對應之日文內容。

これだけ！
替今天做個總整理，一起填入詞彙吧！

□□□ を たべました。

□□□ を たべました か？

はい／いいえ、 □□□□□ 。

□□□ を のみました。

□□□ で □□□ が すきです。

（にほんのりょうり）は □□□ です。

點「これだけ」空白欄，
即唸該句模範解答。

23

 **はじめに**

前言

毫無日語基礎的人，請從本章節開始學習。
來學習平假名、片假名和寒暄用語等内容吧。

 あいさつ
招呼語

おはよう（ございます）
早安

こんにちは
你好

こんばんは
晚安

はじめまして、○○です
初次見面，我是○○

わたしは○○にすんでいます
我住在○○

なまえをかいてみましょう
寫寫看你的名字

表紙のうらをつかってみよう
可參考封面内頁

げんきですか？
你好嗎？

ありがとう（ございます）
謝謝

だいじょうぶですか？
沒事吧？

おさきに（しつれいします）
我先走（失禮了）

おつかれさまでした
辛苦了

おやすみなさい
晚安

どうぞ
請

どうも
謝謝

さようなら／バイバイ
再見

すみません
不好意思

すみません／ごめんなさい
對不起

きょうしつのことば
教室用語

おもいですか？
重嗎？

はい
是

いいえ
不是

きいてください
請（來）問我

きいてください
請聽我說

みてください
你看

はなしましょう
來討論吧

かきましょう
寫吧

わかります か？
你明白嗎？

わかります
我明白

わかりません
我不明白

すみません、もういちど
對不起，請再講一次

おしゃべりのコツ！★

這裡列出了用於「教室用語」的正式說法，不過你也可以告訴外國參與者，在日常生活的溝通中也會使用以下非正式的說法：「はい」→「ええ」、「いいえ」→「ううん」、「すみません、もう一度」→「えっ？」。

請寫出平假名。

a　sa

hi　ru

yo　ru

ha　re

ku　mo　ri

a　me

de　n　ki

tsu　ku　e

ho　n

ma　do

i　su

ka　ba　n

e　m　pi　tsu

やってみましょう！

說說看。

0 9 0 -
ぜろ きゅう ぜろ

7 2 2 8 -
なな にい にい はち

5 3 ✕ ✕
ごお さん ✕ ✕

★ 電話號碼會使用特殊的說法。
請試著說出警局或救護車的號碼、自己或對方的電話號碼等數字。
「110：ひゃくとおばん」
「119：ひゃくじゅうきゅう、いちいちきゅう」
請在「✕」中任意填入數字。

你看①

★ 請看附有日期的物品，例如：今天的日期、張貼在四周的東西、公告或食物的有效期限等，大家一起試著唸出日期。

寫寫看。

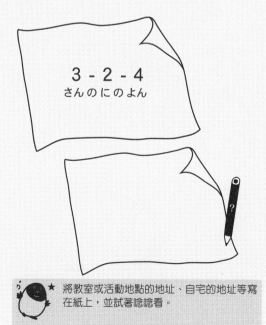

3 - 2 - 4
さんのにのよん

★ 將教室或活動地點的地址、自宅的地址等寫在紙上，並試著唸唸看。

你看②

￥2,980

にせんきゅうひゃくはちじゅうえん

★ 找出四周各種物品的價格，並試著唸唸看。

1 おなか が すきました

肚子餓了

看圖互相談論吃過的食物、喝過的飲料以及喜歡的食物等話題。

おしゃべりの
菜單
超級市場的
傳單
どうぐ箱

あさ パン を たべました か？
早上吃麵包了嗎？

はい、たべました。
吃了。

いいえ、たべませんでした。
不，沒吃。

パン　麵包

サラダ　沙拉

めだまやき　荷包蛋

パスタ　義大利麵

そば　蕎麥麵

うどん　烏龍麵

すし　壽司

すきやき　壽喜燒

てんぷら　天婦羅

ポイント！　即使不從章節 1 開始，從任何章節開始都沒關係。請從外國參與者可能會感興趣的章節開始進行。

ぎゅうにゅう 牛奶　 こうちゃ 紅茶　 コーヒー 咖啡

 おちゃ 茶　 ジュース 果汁　 みず 水

あさ コーヒー を のみました か？
早上喝咖啡了嗎？

いいえ、なに も のみませんでした。
不，我什麼也沒喝。

くだもの で なに が すき です か？
水果之中你喜歡什麼呢？

バナナ が すき です。
我喜歡香蕉。

 やさい
蔬菜

 くだもの
水果

 にく
肉類

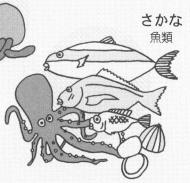 さかな
魚類

 おしゃべり の コツ！ ★ 若是這裡沒有的食物或飲料，就請對方在筆記本等紙張上畫出來吧。「食べます」、「飲みます」的含義請以肢體語言表示。如果今天尚未進食，就使用「昨日食べましたか？（昨天吃了嗎？）」等句子談論昨天的事情吧。

やってみましょう！

今天早上吃了什麼？請畫出圖來。

出示自己畫的圖，並試著勸誘外國參與者一起畫。一邊詢問是否是獨自用餐、和誰一起用餐、在哪裡用餐等問題，一邊進行交談。

22

➤ おしゃべりしましょう！

請談論喜歡的食物和討厭的食物。

にほん の りょうり は？
日本料理呢？

さかな は しおからいです。
魚很鹹。

すきやき は あまいですね。
壽喜燒很甜呢。

あまいです
甜

からいです
辣

しおからいです
鹹

すっぱいです
酸

★ 首先請針對前一頁出現的食物味道進行交談。接著將話題延伸到對方國家的料理及點心等事物上。若能實際吃點心等食物進行交談，就更能炒熱教室氣氛。

これだけ！

替今天做個總整理，一起填入詞彙吧！

　　　　　を　たべました。

　　　　　を　たべました　か？

はい／いいえ、　　　　　　　　　。

　　　　　を　のみました。

　　　　　で　　　　　が　すきです。

（にほんのりょうり）は　　　　　です。

2 わたし の プロフィール

我的簡歷

請談論自己的國家或工作等話題。如果是下圖中沒有列出的工作，在必要情況下請自行追加。

おしごと は なん です か？
你的工作是？

サラリーマン です。
我是上班族。

いま しごと が ありません。
我現在沒有工作。

サラリーマン
上班族

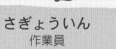

さぎょういん
作業員

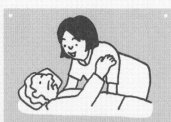

ヘルパー・かいごし
幫傭、看護

のうか 農人

せんせい 老師

がくせい 學生

しゅふ 家庭主婦

てんいん 店員

ポイント！ 無須堅持「1 天進行 1 章節！」，也可以合併數章節進行交談。

★ 請對方指出自己的國家，並告訴對方國名的說法吧。使用「飛行機で何時間ですか（搭飛機要花幾個小時呢）」等問句，詢問從該國到日本的移動時間。也試著詢問天氣熱或冷這類關於氣候的話題吧。若地圖上沒有標示國名，請寫上國名。

25

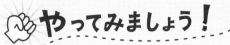

やってみましょう！

請在卡片上寫下自己的姓名、職業及出身地，
將卡片交給對方並進行自我介紹。

ほいくし

きゃさりん・じ

foot baller

Javad Kazem

請準備小張紙條。若對方不會寫平假名和片假名的話，請幫他們寫。在這個時候，試著
寫出自己的名字和工作等資料是非常重要的。如果面對的是初次見面的人，請試著練習
自我介紹。

おしゃべりしましょう！

請一邊出示家人或寵物的照片，一邊進行介紹。
在章節 12 中附有家人稱謂一覽表，請參考該處。

> うち に だれ が いますか？
> 家裡有什麼人呢？

> おとうさん と おかあさん と
> おねえさん と いもうと
> が います。
>
> 有爸爸、媽媽、姊姊和妹妹。

> おしごと は？
> 他們的工作是？

おしゃべりの コツ！　如果沒有家人的照片，就請對方畫出家人的模樣，或互相出示手機照片。

これだけ！
替今天做個總整理，一起填入詞彙吧！

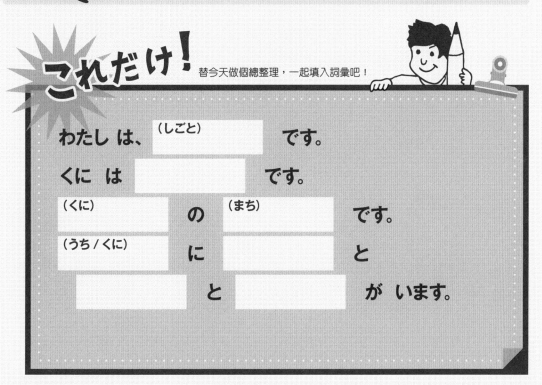

わたし は、（しごと）_____ です。

くに は _____ です。

（くに）_____ の （まち）_____ です。

（うち / くに）_____ に _____ と

_____ と _____ が います。

3 わたし の いちにち

我的一天
請談論一天的行程。請談論其中發生的各種事件。

おしゃべりの

月暦
時鐘

どうぐ箱

いつ べんきょう を します か？
什麼時候念書呢？

にちようび に します。／あさ します。
星期日念書。／早上念書。

まいにち ざんぎょう を します か？
每天都要加班嗎？

べんきょう　念書

うんどう　運動

パソコン　個人電腦

しごと　工作

ざんぎょう　加班

こそだて／こども の せわ
育兒／照顧小孩

かじ　家事

そうじ　打掃

りょうり　做菜

せんたく　洗衣服

 1 個章節預估要花 20～40 分鐘左右的時間，但即使在 5 分鐘結束，或延長至 1 個小時也都無所謂。請優先考量談話氣氛熱絡與否。

スーパー
超級市場

がっこう
學校

ようちえん
幼稚園

表紙のうらを使ってみよう！
可參考封面內頁
「まいにち」「まいばん」「ときどき」

まいにち がっこう に（へ）
いきます。
每天上學。

8 じ に ごはん を たべます。
8 點吃飯。

おふろ　洗澡

ごはん　用餐

おんがく　音樂

まいばん テレビ を みます。
每天晚上看電視。

テレビ　電視

ときどき おんがく を ききます。
有時候會聽音樂。

9 じ に おふろ に はいります。
9 點洗澡。

おしゃべりの
コツ！
★ 試著看圖敘述自己的行動。接著針對對方的行動進行詢問。請注意不要變成單純的練習活動。

やってみましょう！

<u>1じ</u> から <u>3じ</u> まで
<u>テレビ</u> を みます。
1 點到 3 點看電視。

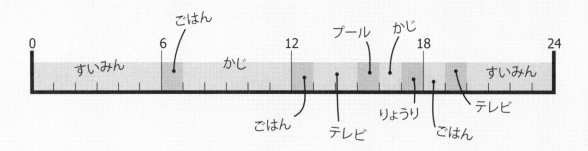

月～金（げつ～きん）

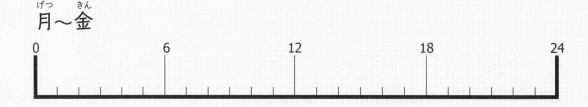

土日（ど にち）

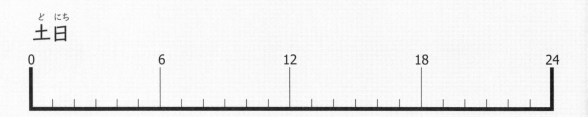

請參考上面的範例，寫下平日和假日的行程表。若所需詞語是課文中未出現的詞語，請自行追加並進行說明。

おしゃべりしましょう！

請針對生活提出「楽しい？（愉快嗎？）」、「忙しい？（忙碌嗎？）」、「たいへん？（辛苦嗎？）」等詢問。

しごと は おもしろいです か？
工作有趣嗎？

おもしろいです。
很有趣。

めんどうくさいです。
很麻煩。

たいへんです。
辛苦。

たいへんです
辛苦

おもしろいです
有趣

めんどうくさいです
麻煩

おしゃべりの
コツ！

★ 使用上面的詞語，針對 1 天的行程互相發表感想。

これだけ！

替今天做個總整理，一起填入詞彙吧！

あさ、〔＿＿＿〕ます。

〔＿＿＿〕ようび に、〔＿＿＿〕ます。

〔＿＿＿〕じ に 〔＿＿＿〕ます。

〔＿＿＿〕じ から 〔＿＿＿〕じ まで 〔＿＿＿〕ます。

〔＿＿＿〕は 〔＿＿＿〕です。

〔＿＿＿〕は 〔＿＿＿〕ないです。

4 まち の じょうほう いろいろ

城市的種種訊息

談論自己居住的城鎮，例如：在哪裡、有什麼設施、在該設施做什麼活動等話題。

おしゃべりの

城鎮地圖
購物街的地圖

どうぐ箱

ゆうびんきょく は どこ に ありますか？

郵局在哪裡？

えき の ちかく に あります。

在車站附近。

コンビニ　便利商店

スーパー　超級市場

えき　車站

けいさつ　警局

やくしょ　（市）公所

ゆうびんきょく
郵局

こうえん　公園

でんきや　電器行

レストラン　餐廳

ポイント！　如果有實際物品，會比圖片或照片更令人印象深刻。展示物品、觸摸、實際感受吧。

じてんしゃ
脚踏車

あるいて
步行

でんしゃ
電車

くるま
汽車

うち から <u>やくしょ</u> まで
<u>あるいて</u> 10 ぷん です。
從我家到市公所，走路要花 10 分鐘。

<u>じてんしゃ</u> で いきます。
騎腳踏車去。

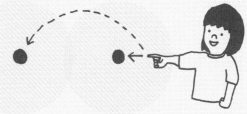

ゆうびんきょく から
にもつ を おくります。
從郵局寄送包裹。

とおい（く）／ ちかい（く）
遠的／近的

おくります
寄送

かいます
購買

スーパー で やさい を かいます。
在超級市場買蔬菜。

請一邊指著圖，一邊談論自己居住的城鎮。分享某些設施位於何處、如何抵達該地點、
費用貴還是便宜、在那裡進行什麼活動等話題。

やってみましょう！

請畫出住家及車站周邊的地圖。

 おしゃべりの コツ！★ 　請互相分享住家四周有哪些建築物或商店。準備白紙畫下來。如果沒有紙的話，也可以畫在課本的這一頁上。

おしゃべりしましょう！

以「やってみましょう（實際試試看吧）」單元畫下的圖為依據進行交談。
如果有城鎮地圖或商店照片、廣告等資料，請加以運用。

> スーパー が ここ に あります。
> 超級市場在這裡。

> なまえ は ○○ です。
> 店名是○○。

> こっち の みせ より あっち の みせ のほうが
> やすいです。
> 那家店的東西比這家店便宜。

おしゃべり の コツ！

★ 請一起看地圖並指著地圖，互相交換商店名稱、地點、價格、店員、特徵等各種資訊。
並延伸話題，談論你何時光顧、做了什麼、感想如何等內容。

これだけ！

替今天做個總整理，一起填入詞彙吧！

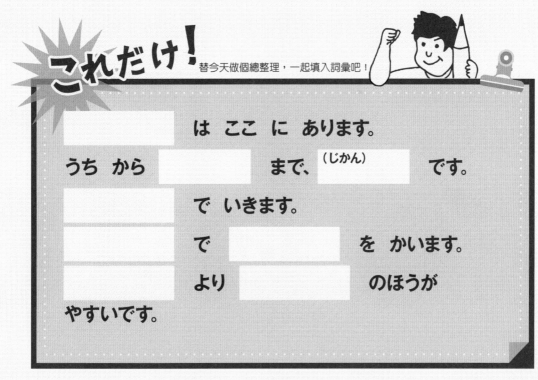

　　　　　 は ここ に あります。

うち から 　　　　　 まで、（じかん）　　　　　 です。

　　　　　 で いきます。

　　　　　 で 　　　　　 を かいます。

　　　　　 より 　　　　　 のほうが

やすいです。

おしゃべりの
日本地圖
世界地圖
旅遊的照片
旅遊導覽書
簡介手冊
どうぐ箱

こども の とき、どこ に（へ）いきました か？
小時候去了哪裡呢？

ほっかいどう に（へ）いきました。
去了北海道。

うみ 海	やま 山	かわ 河川

ふじさん 富士山　　ほっかいどう 北海道　　とうきょう 東京

おおさか 大阪　　きょうと 京都　　あきはばら 秋葉原

うみ　海

やま　山

かわ　河川

ふじさん　富士山

ほっかいどう　北海道

とうきょう　東京

おおさか　大阪

きょうと　京都

あきはばら　秋葉原

ポイント！　以充滿興趣的態度聆聽外國參與者的發言。比起「教導」、「傳達」和「接收訊息」才是第一原則。

かぞく
家人

ともだち
朋友

かれし／かのじょ
男友／女友

ひとりで
獨自

かのじょ と いきました。
和女友一起去了。

たのしかったです。
很快樂。

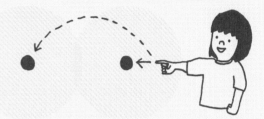
とおいです／ちかいです
遠／近

きれいでした。
很漂亮。

¥30,000　¥6,000
たかいです／やすいです
貴／便宜

おいしくなかったです。
不好吃。

たのしいです
快樂

きれいです
漂亮

おいしいです／おいしくないです
好吃／不好吃

おしゃべりのコツ！

請針對旅遊經驗，互相詢問到哪裡、和誰、何時去的等問題，也請試著詢問那個地方的情況如何。

37

やってみましょう！

請利用地圖確認地點，並談論自己接下來想去的地方。

沖縄（おきなわ）
沖繩

北海道（ほっかいどう）
北海道

富士山（ふじさん）
富士山

京都（きょうと）
京都

広島（ひろしま）
廣島

東京（とうきょう）
東京

名古屋（なごや）
名古屋

大阪（おおさか）
大阪

九州（きゅうしゅう）
九州

	すずきさん	＿＿＿＿さん	＿＿＿＿さん
どこ に（へ） いきたいです か？ 想去哪裡呢？	きょうと		
だれ と？ 和誰？	ともだち		
いくら？ 要花多少錢呢？	20,000 えん		

おしゃべり の コツ！

如果有日本地圖、旅遊指南、簡介手冊等資料的話，請看著資料發言。告訴對方這個地方有什麼有名的東西。

おしゃべりしましょう！

請試著以左頁的表格為根據，詳細詢問情況。

いつ いきたいです か？
你想在什麼時候去？

12 がつ に いきたいです。
我想在 12 月去。

どうやって いきます か？
要怎麼去？

しんかんせん で いきたいです。
我想搭新幹線去。

しんかんせん
新幹線

ひこうき
飛機

ふね
船

バス
公車

おしゃべり
コツ！

除了上述內容之外，也請使用「どうしてですか？（為什麼呢？）」、「何を食べたいですか？（想吃什麼？）」、「どこに泊まりますか？（要在哪裡投宿？）」、「何を見たいですか？（想看什麼？）」等問句擴充話題。

これだけ！

替今天做個總整理，一起填入詞彙吧！

こども のとき、□□□□ に（へ）いきました。

□□□□ と いきました。

（りょこう は）□□□□ かったです / でした。

□□□□ に（へ）いきたいです。

□□□□ がつ に いきたいです。

□□□□ で いきたいです。

6 わたし の いちねん／いっしょう

我的一年／一生

請思考季節變化，談論 1 年的情形。另外，也試著簡單敘述自己的經歷。

おしゃべりの

月曆
溫度計
世界地圖

どうぐ箱

あついです ね。
おくに の なつ も あついです か？

天氣真熱，對吧。你的國家夏天也很熱嗎？

あついです。

很熱。

きおん は なんど です か？

氣溫是幾度呢？

35 ど です。

35 度。

あたたかいです	あついです	すずしいです	さむいです
溫暖	炎熱	涼爽	寒冷
3 がつ〜5 がつ	6 がつ〜8 がつ	9 がつ〜11 がつ	12 がつ〜2 がつ
3月〜5月	6月〜8月	9月〜11月	12月〜2月
	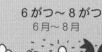	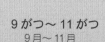	
はる　春天	なつ　夏天	あき　秋天	ふゆ　冬天

かんこく の なつ は、7 がつ から 9 がつ まで です。
8 がつ が、いちばん あついです。

韓國的夏天是從 7 月到 9 月。8 月的時候最熱。

★ 請指著上面的圖片，與「暑いですね（很熱）」和「寒いですね（很冷）」進行配對。「かんこく（韓國）」部分可填入「ひろしま（廣島）」或「ほっかいどう（北海道）」等日本地名來擴充話題。

トピック6　わたしのいちねん／いっしょう

しゅくじつ（やすみのひ）
国定節慶日（假日）

2010 年
節日

1月1日

おしょうがつ
新年

3月21日

しゅんぶんのひ
春分

5月5日

こどものひ
兒童節

7月19日

うみのひ
海洋節

9月20日

けいろうのひ
敬老節

10月11日

たいいくのひ
體育節

表紙のうらを使ってみよう！

請利用封面內頁確認月份日期的唸法。上述的「海の日、敬老の日、体育の日、春分の日」的日期每年都會變動。請利用月曆進行確認。其他還有「成人の日（成人節）」、「建国記念の日（建國紀念日）」、「憲法記念日（憲法紀念日）」、「文化の日（文化節）」、「勤労感謝の日（勤勞感謝日）」、「天皇誕生日（天皇誕辰日）」等節日。

にほんの <u>5がつ5か</u> は なんの ひ ですか？
わかります か？
日本的5月5日是什麼節日呢？你知道嗎？

<u>こどものひ</u> ですね。
是兒童節對吧。

くに にも、あります か？
你的國家也有嗎？

それは やすみの ひ ですか？
是假日嗎？

それは <u>5がつ5か</u> ですか？
是5月5日嗎？

おしゃべりの コツ！
★ 除了節慶日之外，「七夕（7.7）（七夕）」、「バレンタインデー（2.14）（情人節）」、「クリスマス（12.25）（聖誕節）」等節日也能擴充話題。同時詢問對方「何をしますか？（會做什麼呢？）」等問題吧。也試著詢問對方國家的節慶日有哪些。

やってみましょう！

請簡單介紹自己的經歷。
每個人寫下自己的經歷並進行發表。

> たんじょうび は 5 がつ 17 にち です…。
> 生日是 5 月 17 日……。

> いつ、にほん に（へ）きました か？
> 什麼時候來到日本的呢？

> 2006 ねん 5 がつ です。
> 2006 年 5 月。

1974.5.17 ◉	たんじょうび 生日
1997 ●	そつぎょう 畢業
1998.8〜 ●	たいわんでしごと 在台灣工作
2008.8.8 ●	けっこんしました 結婚
2009.9.3 ●	こどものたんじょうび 小孩的生日

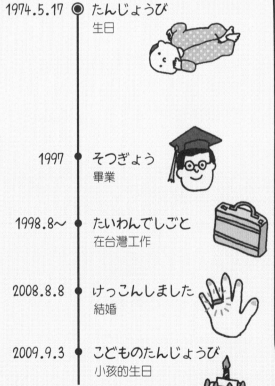

◉

● にほん に（へ）きました
   來到日本

おしゃべりのコツ！

★ 對方發表自己的經歷時，若能從中提出「こどものとき、どこにいましたか？（小時候住在哪裡呢？）」、「がっこうはおもしろかったですか？（學校生活有趣嗎？）」等提問，對方會更容易開口表達，話題也能延伸。

おしゃべりしましょう！

請談論關於去年、今年、未來的事情。

らいねん どこ に いますか？
明年會在哪裡呢？

たぶん、にほん に います。
也許會在日本。

なに を したいですか？
想做什麼事呢？

くに に（へ）かえりたいです。
我想回國。

0 さい
0 歲

1 さい
1 歲

7 さい
7 歲

いま
現在

らいねん
明年

7 ねんご
7 年後

おしゃべりの
コツ！
也可以思考關於 10 年後或 20 年後之類的事情，或是試著寫下「給○年後的我」的信。

これだけ！

替今天做個總整理，一起填入詞彙吧！

（きせつ）　　は 　　　　　 がつ から 　　　　　 がつ まで です。

くに にも 　　　　　　　 の ひ が あります。

たんじょうび は 　　　　　　　 です。

　　　　　　　 に にほん に（へ）きました。

たぶん 　　　　　　 です。

らいねん 　　　　　 たいです。

7 おかね が あったら

如果我有錢的話

你有想買的東西或想去的地方嗎？
請談論你變得很有錢之後想做的事情。

おしゃべりの
各式各樣的傳單
商品目錄
地圖
どうぐ箱

おかね が あったら なに が ほしいです か？

有錢的話你想要什麼東西呢？

パソコン が ほしいです。

我想要個人電腦。

くるま　汽車

パソコン　個人電腦

テレビ　電視

ゲーム　電玩

いえ　房子

かばん　包包

ふく　衣服

くつ　鞋子

アクセサリー　飾品

 請不要過度拘泥於文法。你使用日語的資歷很深，是日語高手。與其說明文法，不如告訴對方「我會這麼使用」。

かいます
購買

いきます
去

くに に（へ）かえります
回國

なに も かいたくない です。　我不想買任何東西。
ちょきんします。　我要存錢。

せかいりょこう を したいです。
我想進行環球旅行。

くに に（へ）かえりたいです。
我想回國。

おんせん に（へ）いきたいです。
我想去泡溫泉。

おんせん
溫泉

ちょきん
存錢

ゆうえんち
遊樂園

コンサート
演唱會、音樂會

せかいりょこう
環球旅行

おしゃべり
コツ！の

★ 假裝自己已經變成了有錢人，互相說出所有想要的東西和想做的事情吧。試著詢問對方「どうしてですか？（為什麼呢？）」。

やってみましょう！

設定一人擁有 500 日圓，談論各種東西你可以買幾個。

> **たいわん で**
> **500 えん あったら？**
> 在台灣如果有 500 日圓的話？

> **たぶん りんご は 15 こ です。**
> 大概可以買 15 顆蘋果。

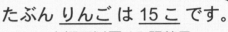

	にほん	＿＿＿＿	＿＿＿＿
りんご			
パン			
たまご			

100円 　　120円 　　150円

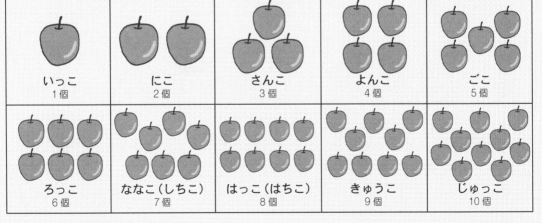

| いっこ 1個 | にこ 2個 | さんこ 3個 | よんこ 4個 | ごこ 5個 |
| ろっこ 6個 | ななこ（しちこ） 7個 | はっこ（はちこ） 8個 | きゅうこ 9個 | じゅっこ 10個 |

おしゃべりの コツ！

首先，大家先一起計算，並填入日本的空格中，接著詢問對方國家的情況。如果可以問到其他國家的資訊，請一併詢問其他組的參與者，將表格填滿。若能同時加上「トマト（番茄）、メロン（哈密瓜）、スイカ（西瓜）」等項目，就能讓話題更為擴展。

98-04-43-04

郵 政 劃 撥 儲 金 存 款 單

收款帳號 ００１７３９０１

收款帳號

金額（小寫）

億 仟萬 佰萬 拾萬 萬 仟 佰 拾 元

收款戶名 大 新 書 局

寄款人 □他人存款 □本戶存款

姓名 □□ □□－□ □□

地址

電話

通訊欄（限與本次存款有關事項）

主管：

經辦局收款戳

◎寄款人請注意背面說明
◎本收據由電腦印錄請勿填寫

郵 政 劃 撥 儲 金 存 款 收 據

收款帳號戶名

存款金額

電腦記錄

經辦局收款戳

請 寄 款 人 注 意

一、帳號、戶名及寄款人姓名地址各欄請詳細填明，已免誤寄：
抵付票據之存款，務請於交換前一天存入。

二、每筆存款至少須在新台幣十元以上，且限填至元位為止。

三、倘金額塗改時請更換存款單重新填寫。

四、本存款單不得黏貼或附寄任何文件。

五、本存款金額業經電腦登帳後，不得申請撤回。

六、本存款單備供電腦影像處理，請以正楷工整書寫並請勿摺疊。帳戶如需自印存款單，各欄文字及規格必須與本局印製之存款單完全相符；如有不符，各局應婉請寄款人更換郵局印製之存款單填寫，以利處理。

七、本存款單帳號與金額欄請以阿拉伯數字書寫。

交易代號：0501、0502現金存款 0503票據存款 2212劃撥票據存入

りんご は にほん のほうが たかいです。
蘋果是日本最貴。

わたし の くに は にほん より やすいです。
我的國家比日本便宜。

おしゃべり の コツ！ ★ 請看第 38 頁的圖，以「高いですか？（貴嗎？）」、「安いですか？（便宜嗎？）」等
問句比較物價。也可以看打工資訊雜誌或徵才傳單，讓話題更為擴展。

これだけ！ 替今天做個總整理，一起填入詞彙吧！

　　　　　　　が ほしいです。

　　　　　　　に（へ）いきたいです。

　　　　　　　を かいたいです。

（500えん あったら）　　　　　　は　　　　　こ です。

　　　　　　　は にほん のほうが　　　　　　　　です。

8 すき が いっぱい

喜歡的東西有很多
請談論你喜歡的事情和東西。

おしゃべりの

食物、飲料的
照片或圖片
和興趣相關
的照片

どうぐ箱

りょこう は すき です か？
你喜歡旅行嗎？

だいすき です。
非常喜歡。

わたし も だいすき です。
我也很喜歡。

りょこう　旅行

かいもの　購物

おしゃべり　聊天

りょうり　料理

おんがく　音樂

ゲーム　電玩

!(^^)!　←　(^-^)　←　('_')　←　(−_−)　←　(>_<)

だいすきです
非常喜歡

すきです
喜歡

まあまあです
還好

あまりすき
じゃないです
不太喜歡

きらいです
討厭

ポイント！　能交流異國文化的並非「表達」，而是「接受訊息」。對你感興趣的部分多多提出詢問，以成為一個善於傾聽的人為目標吧。

サッカー
足球

たっきゅう
桌球

すもう
相撲

アイスクリーム
冰淇淋

チョコレート
巧克力

ケーキ
蛋糕

すきやき
壽喜燒

てんぷら
天婦羅

そば
蕎麥麵

あまいもの で なに が いちばん すきです か？
在甜食之中，你最喜歡什麼？

チョコレート が いちばん すきです。
我最喜歡巧克力。

如果圖片中沒有你喜歡的東西，請試著畫出自己喜歡的東西，並展示給對方看。請一邊指著圖，一邊提出「これ好きですか（你喜歡這個嗎）」等詢問。

どうしてですか？
為什麼喜歡呢？

たのしいですから。
因為很快樂。

たのしいです
快樂

おもしろいです
有趣
⇔
つまらないです
無趣

おいしいです
好吃
⇔
まずいです
難吃

じょうずです
拿手
⇔
へたです
不拿手

サッカー は たのしいです ね。
踢足球很快樂吧。

そう です ね。
是啊。

おしゃべりの
コツ！
針對先前談論到的喜歡的人、東西、活動等，以「どうしてですか？（為什麼喜歡呢？）」提出詢問，並請對方說出「かっこいいですから（因為很帥）」、「おいしいですから（因為很好吃）」等理由。請提出「在哪裡進行」、「為什麼喜歡」、「最近什麼時候做了這件事」、「下次想在什麼時候做」等問句自由擴充話題。

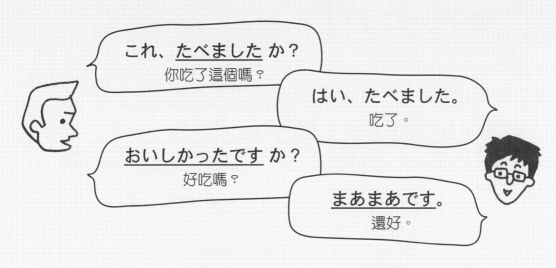

これ、<u>たべました</u> か？
你吃了這個嗎？

はい、<u>たべました</u>。
吃了。

<u>おいしかったです</u> か？
好吃嗎？

<u>まあまあです</u>。
還好。

すし
壽司

たこやき
章魚燒

うめぼし
酸梅乾

ファーストフード
速食

カレー
咖哩

なっとう
納豆

どれ を たべたいです か？
你想吃哪一個呢？

おしゃべり
の
コツ！

除了這裡列出的東西之外，如果能帶其他照片或傳單等資料過來，話題就能更加擴展。對方沒吃過的話，請試著以「見ましたか？（看過嗎？）」來詢問。此外，還可以請對方說出他們國家的料理等，針對該料理談論自己想不想吃。

やってみましょう！

請對方選出自己喜歡的項目。

どっち が すき です か？
你喜歡哪一個？

ロック より クラシック のほうが すきです。
我喜歡古典樂勝過搖滾樂。

どっち も すき です。
兩者我都喜歡。

おんがく
音樂

どうぶつ
動物

ロック
搖滾樂

クラシック
古典樂

ねこ
貓

いぬ
狗

くだもの
水果

りんご
蘋果

みかん
橘子

おしゃべりの
コツ！

依序指出圖片，互相詢問「どっちが好きですか？（你喜歡哪一個？）」。請配合對方的興趣，構思出如「ケーキとポテトチップス（蛋糕和洋芋片）」、「サッカーとラグビー（足球和橄欖球）」等二選一的題目。如果選擇兩個選項以外的東西，就請對方畫出來。此外，還能以「どこで買いますか？（要到哪裡買？）」、「最近食べましたか？（最近吃過了嗎？）」等問句擴充話題。

おしゃべりしましょう！

看圖進行談話。

これ は なん です か？
わかります か？

這是什麼？你知道嗎？

たぶん、<u>さる</u> です。

我想應該是猴子。

すき です か？

你喜歡嗎？

おしゃべり の コツ！★ 指著圖片中某位動漫角色進行談話。如果你的身邊也有其他神奇的動漫角色（麵包超人、龍貓、哆啦Ａ夢等），展示這些角色就能讓話題更加擴展。猴子、狗等動物名稱，請以圖畫或肢體語言問出，再說出牠們的日語說法。

これだけ！ 替今天做個總整理，一起填入詞彙吧！

りょこう は ☐ です。

☐ で ☐ が いちばん すきです。

（どうしてです か？）☐ ですから。

☐ は おいしかったです。

☐ を たべたいです。

たぶん ☐ です。

9 げんきです か？

你好嗎？

請詢問關於身體狀況的事情，例如：最近身體健不健康、有沒有覺得疼痛的地方等。若對方回答：「元気じゃない（身體不舒服）」，請詢問理由。

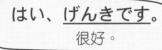

げんきです か？
你身體好嗎？

はい、げんきです。
很好。

いいえ、げんきじゃないです。
不，不太舒服。

つかれています。 很疲倦。

げんきです　有精神

つかれています　感覺疲倦

ねむいです　想睡

いそがしいです
忙碌

たいへんです
辛苦

だいじょうぶです
沒問題

しごと　工作

かじ　家事

こそだて／こども の せわ
育兒/照顧小孩

 請不要說「因為已經做過了，所以不再重複」，應該要試著反覆談論相同的主題。或許會出現和先前不同的談話內容也說不定。

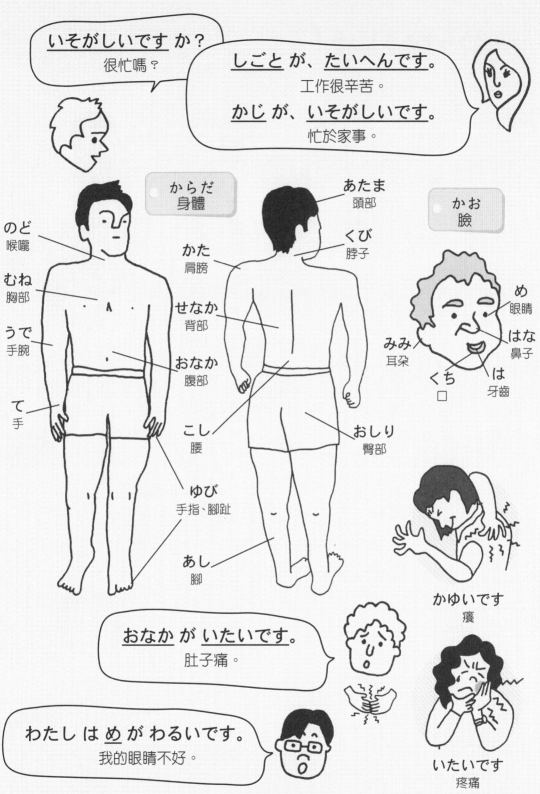

いそがしいです か？
很忙嗎？

しごと が、 たいへんです。
工作很辛苦。

かじ が、 いそがしいです。
忙於家事。

からだ
身體

あたま
頭部

かお
臉

のど
喉嚨

むね
胸部

うで
手腕

て
手

かた
肩膀

せなか
背部

おなか
腹部

こし
腰

ゆび
手指、腳趾

あし
腳

くび
脖子

おしり
臀部

め
眼睛

みみ
耳朵

はな
鼻子

くち
口

は
牙齒

かゆいです
癢

おなか が いたいです。
肚子痛。

わたし は め が わるいです。
我的眼睛不好。

いたいです
疼痛

おしゃべり
の
コツ！ ★ 請一邊指著身體，一邊談論身體狀況。覺得難以表達的時候，請善加利用肢體語言。如果一併詢問家人的情況，就能擴充話題。

55

やってみましょう！

請按壓對方手部的穴道。全部結束之後，再請對方幫你按穴道。
也可以自己按壓自己的穴道。

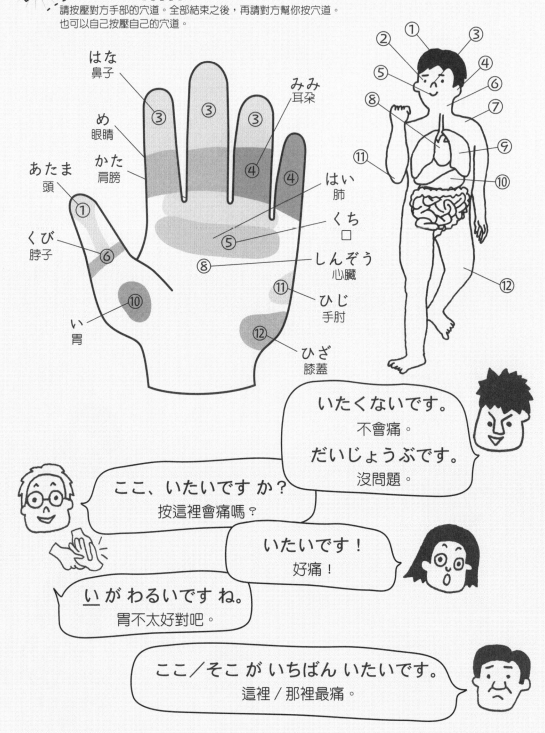

はな
鼻子

みみ
耳朵

め
眼睛

かた
肩膀

あたま
頭

くび
脖子

い
胃

はい
肺

くち
口

しんぞう
心臟

ひじ
手肘

ひざ
膝蓋

いたくないです。
不會痛。
だいじょうぶです。
沒問題。

ここ、いたいですか？
按這裡會痛嗎？

いたいです！
好痛！

い が わるいです ね。
胃不太好對吧。

ここ／そこ が いちばん いたいです。
這裡／那裡最痛。

おしゃべりの
コツ！ ★ 如果男女之間不方便觸碰手的話，可以請對方自己按自己的穴道，並說出感覺疼痛的地方。

おしゃべりしましょう！

感冒時該怎麼辦？請說出自己這時會做什麼事，或是介紹自己國家的人們通常會做什麼事。

かぜ のとき、どうしますか？
感冒時該怎麼辦？

かぜ
感冒

そう ですね…。くすり を のみます。
嗯……，吃藥。

おふろ　泡澡

くすり　藥品

ねます　就寢

おしゃべり
の
コツ！　★　無法表達做什麼事的時候，可以請對方在筆記本上畫出圖來。對於能順利表達的人，請針對「疲れたとき（疲倦的時候）」、「眠いとき（想睡的時候）」等話題進行詢問。

これだけ！
替今天做個總整理，一起填入詞彙吧！

（げんきです　か？）はい／いいえ、　　　　　　です。

　　　　　　が　たいへんです／いそがしいです。

（わたし　は）（からだ／かお）　　　　　が　　　　　　　です。

（ないぞう）　　　　　が　わるいです。

かぜ のとき、　　　　　　　　　。

10 わたし の うち

我的家
請談論自己的家或住家周遭環境。

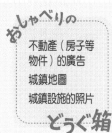
おしゃべりの

不動產（房子等物件）的廣告
城鎮地圖
城鎮設施的照片

どうぐ箱

○○さん の うち は ひろいです か？

○○先生／小姐的家大嗎？

はい、ひろいです。

很大。

えき から とおいです。

離車站很遠。

ひろいです

寬廣

せまいです

狹窄

あかるいです

明亮

ふるいです

老舊

あたらしいです

新

くらいです

昏暗

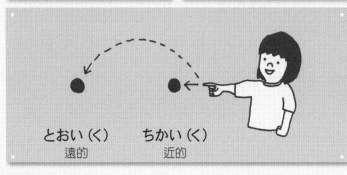

とおい（く）　ちかい（く）

遠的　　　近的

べんりです

方便

 應該有人今天難得來到教室吧。與其讓他們問「教了哪裡」、「教到哪裡了」，不如就讓他們依自己的喜好選擇談話主題吧。

ちゅうしゃじょう
停車場

えき
車站

スーパー
超級市場

コンビニ
便利商店

がっこう
學校

びょういん
醫院

こうえん
公園

うち から えき まで 5ふん です。
從我家到車站要花5分鐘。

ちかく に スーパー が あります。
附近有間超級市場。

コンビニ も あります。
也有便利商店。

びょういん は ありません。
沒有醫院。

おしゃべりの
コツ！ ★ 如果對方聽不懂，請同時使用肢體語言說明這是用來做什麼的地方。城鎮地圖或實際在鎮上拍攝的設施照片都能幫助談話進行。請試著詢問附近是否還有其他設施。可以用畫圖的方式互相分享。

やってみましょう！
哪個比較好？比較看看吧。

アパート１　　やちん　　￥75,000
公寓１　　　　房租

 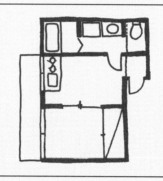 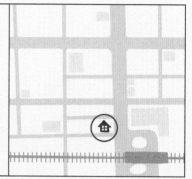

アパート２　　やちん　　￥30,000
公寓２　　　　房租

 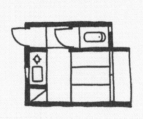 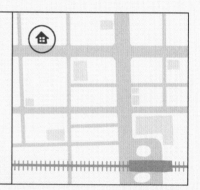

どっちに すみたいです か？
想住在哪裡呢？

こっち に すみたいです。
我想住在這裡。

こっち のほうが いいです。
這裡比較好。

どうしてです か？
為什麼呢？

えき から ちかいです から。
因為這裡離車站比較近。

請指著該項物件，談論「どっちがいいですか？（哪個好呢？）」、「どっちが好きですか？（喜歡哪一個？）」、「どっちに住みたいですか？（想住哪一個？）」等話題。若能仔細說明兩者在條件上的不同，或實際出示不動產的傳單給對方看的話，更能擴充活動內容。

おしゃべりしましょう！

你希望目前居住的房子附近有什麼設施呢？
也請試著詢問在你附近的人有什麼意見。

なに が ほしいです か？

你希望有什麼呢？

スーパー が ほしいです。

我希望有間超級市場。

パンや　麵包店

ほんや　書店

えいがかん
電影院

おしゃべりの コツ！ ★　除了希望附近有什麼設施的話題之外，也請試著談論你喜歡住家是何種結構，例如：日式、西式等話題。如果覺得難以表達的話，請出示數種房屋廣告，試著提出「この家に住みたいですか？（你想住這種房子嗎？）」、「いいですか？（不錯嗎？）」等詢問。

これだけ！ 替今天做個總整理，一起填入詞彙吧！

（わたし の）うち は 　　　　　　 です。

うち から 　　　　　 まで （じかん）　　　　　 です。

ちかく に 　　　　　 が あります。

　　　　　 も あります。

　　　　　 が ほしいです。

11 なんばい のむこと が できます か？

餐飲店的
菜單或傳單

どうぐ箱

你能喝幾杯？

你會喝酒嗎？在哪裡喝呢？和誰一起喝呢？愉快地談論這些話題吧。
如果對方是因為宗教等理由而不喝酒的話，就詢問酒以外的飲料（無
酒精飲料）吧。

おさけ を のみます か？
你會喝酒嗎？

はい、のみます。
會。我會喝。
ビール を のみます。
我喝啤酒。

いいえ、のみません。
不喝。

おさけ　酒

ビール　啤酒

ワイン　紅酒

にほんしゅ　日本酒

チューハイ
燒酒加汽水的飲品

しょうちゅう　燒酒

カクテル　雞尾酒

どれ が すきです か？
你喜歡哪一個？

これ が すきです。
我喜歡這個。

ポイント！　外國參與者並不是來聽你唸字典或文法書上記載的詞句。請使用自己的「話」來陳述。

こうちゃ
紅茶

コーヒー
咖啡

ジュース
果汁

いざかや
居酒屋

レストラン
餐廳

うち
家

どこ で のみます か？
在哪裡喝呢？

うち でのみます。
在家裡喝。

かいしゃ の ひと
公司同事

かれし／かのじょ
男友／女友

かぞく
家人

ともだち
朋友

ひとりで
獨自

だれ と のみます か？
和誰一起喝呢？

かぞく とのみます。
和家人一起喝。

おしゃべり の コツ！ ★ 請談論最近喝酒的情況。如果是不喝酒的人，也可以試著詢問在餐廳常喝什麼飲料，或常和家人喝什麼飲料等話題。此外，也請一併詢問何時喝這些飲料。如果是圖片中沒有的東西，就請對方畫下來吧。

你喜歡什麼酒（飲料）呢？能喝幾杯呢？請詢問最喜歡的酒，
以及第二喜歡、第三喜歡的酒是什麼。

	リーさん	さん	さん
1	ビール 6ぱい		
2	ウイスキー 3ばい		
3	ブランデー 2はい		

おさけ で なに が すき です か？
いちばん は？
所有酒類之中，你喜歡什麼呢？
最喜歡什麼呢？

ビール が いちばん すき です。
我最喜歡啤酒。

なんばい のむこと が
できます か？
你能喝幾杯呢？

3ばい です。
3杯。

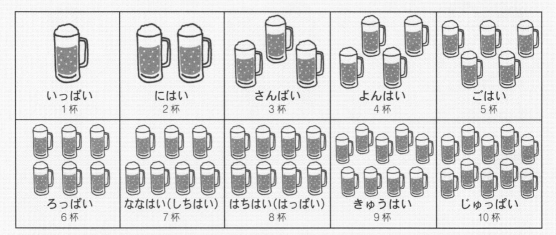

いっぱい 1杯	にはい 2杯	さんばい 3杯	よんはい 4杯	ごはい 5杯
ろっぱい 6杯	ななはい（しちはい） 7杯	はちはい（はっぱい） 8杯	きゅうはい 9杯	じゅっぱい 10杯

おしゃべりの
コツ！

★ 詢問更多人會讓活動更有意思。如果對方不喝酒的話，可以在問句上多下點工夫，
例如：「1 日にコーヒーを何杯飲みますか？（1 天喝幾杯咖啡）」，或「食事中ジュ
ースを何杯飲みますか？（用餐時喝幾杯果汁）」等。

おしゃべりしましょう！

請詢問關於對方國家的酒或飲料的話題。酒名是什麼？對方喜歡這種酒嗎？能喝幾杯呢？喝酒時會配什麼食物呢？乾杯時會說什麼呢？

ちゅうごくの おさけは
バイジュウです。
中國的酒是白乾兒。

かんぱい！ 乾杯！

バイジュウ が すきです。
我喜歡白乾兒。

いっしょに ちゅうかを
たべます。
會配中國菜吃。

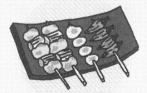

やきとり　烤雞肉串

えだまめ　毛豆

おしゃべりの コツ！

首先，請介紹自己常喝的酒，接著詢問對方國家的酒。也請詢問對方喝酒的頻率（每天、每週○次、經常、偶爾），通常什麼時候喝酒等問題。如果是不喝酒的人，可以詢問關於日本沒有的飲料或對方國內的人常喝的飲料。

これだけ！

替今天做個總整理，一起填入詞彙吧！

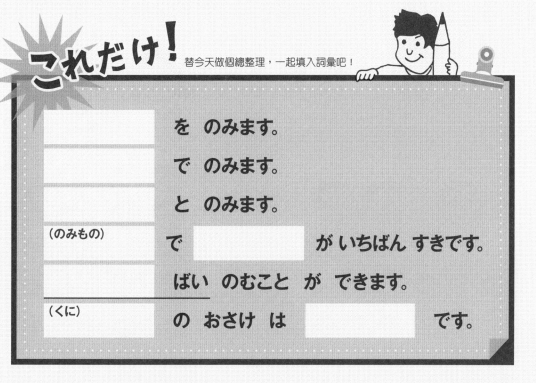

	を のみます。
	で のみます。
	と のみます。
（のみもの）	で ＿＿＿ が いちばん すきです。
	ばい のむこと が できます。
（くに）	の おさけ は ＿＿＿ です。

12 わたし の たいせつな ひと

我最重要的人

請介紹家人或朋友等對你來說重要的人。如果對方是已婚者，請看左頁；如果對方是未婚者，請看右頁，進行交談。

おしゃべりの

手機
家人、朋友、
寵物、戀人
的照片

どうぐ箱

かぞく は
なんにん です か？
家裡有幾個人呢？

4 にん です。
4 個人。

つま と むすこ と むすめ が います。
有内人、兒子和女兒。

むすこさん は なんさい です か？
你的兒子幾歲了？

5 さい です。
5 歲。

かぞく
家人

おっと（ごしゅじん）
外子（您先生）

つま（おくさん）
内人（您的夫人）

むすこ
兒子

こども
小孩

むすめ
女兒

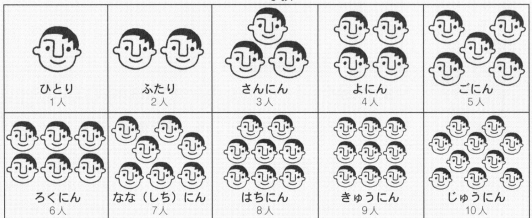

ひとり	ふたり	さんにん	よにん	ごにん
1人	2人	3人	4人	5人
ろくにん	なな（しち）にん	はちにん	きゅうにん	じゅうにん
6人	7人	8人	9人	10人

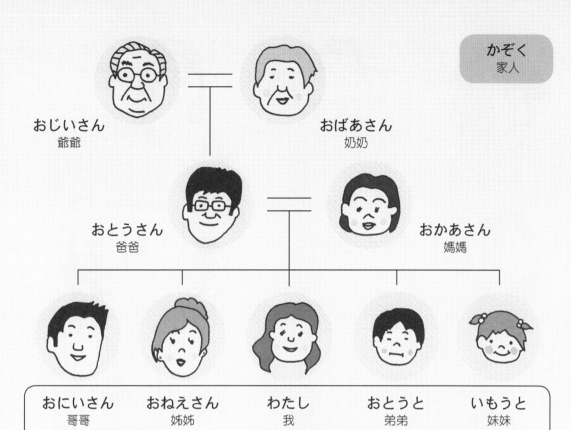

かぞく は なんにん です か？
家裡有幾個人呢？

4 にん です。
4 個人。

おとうさん と おかあさん と
おとうと と わたし です。
有爸爸、媽媽、弟弟和我。

おとうと は 17 さい です。
弟弟 17 歲。

稱呼自己的孩子要說「むすめ」，而稱呼對方的孩子則要說「むすめさん」，稱呼方式會像這樣有所變化。談話時要注意「つま／おくさん」、「おっと／ごしゅじん」這些成對的詞語。

かわいいです
可愛

かっこいいです
帥氣

きれいです
漂亮

やせています／ふとっています
瘦/胖

おっと は かっこいいです。
我先生很帥。

おとうさん は
やせています。
爸爸很瘦。

むすこ は サッカー が
すきです。
我家兒子很喜歡足球。

むすめ は かわいいです。
我家女兒很可愛。

おかあさん は りょうり が じょうずです。
媽媽很會做菜。

カラオケ
KTV、卡拉 OK

サッカー　足球

うんてん
開車

りょうり　料理

ポイン! 　本教材僅是提供「開啓話題的素材」。你生活至今的經驗才是最有成效的教材。

めが おおきいです ／ ちいさいです
眼睛 大/小

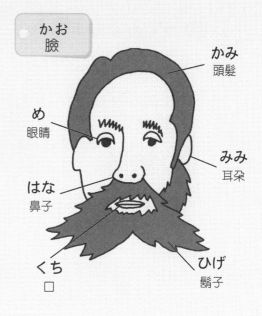

かみ
頭髪

め
眼睛

みみ
耳朵

はな
鼻子

くち
口

ひげ
鬍子

かみが ながいです ／ みじかいです
頭髪 長/短

せが ひくいです ／ たかいです
個子 矮/高

いもうと は め が おおきいです。
妹妹的眼睛很大。

おにいさん は かみ が みじかいです。
哥哥的頭髪很短。

おしゃべりの
コツ！★ 請談論家人是什麼樣的人。先介紹自己的家人才能帶起話題。

やってみましょう！

請畫出朋友、戀人或寵物的模樣。畫好之後，請說明長相或外貌。
說明結束後，再看那個人的照片。

ともだち
朋友

かれし／かのじょ
男友／女友

ペット
寵物

くに に かれし が います。／いません。

在國內有男友／沒有男友。

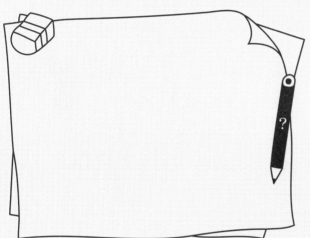

ともだち は かみ が みじかいです。

朋友的頭髮很短。

め が おおきいです。やせています。

かわいいです。

眼睛很大，身材很瘦。很可愛。

おしゃべりのコツ！

首先請由自己開始進行說明。當對方無法繼續說明下去時，請以「口が大きいですね（嘴巴大大的對吧）」、「かわいいですか？（很可愛嗎？）」等句子進行確認或詢問，來促使對方繼續進行談話。

おしゃべりしましょう！

請互相分享儲存在手機裡／帶在身上的家人照片。
針對照片中的人物進行說明、提問或陳述感想。
也可以談論此人的工作、興趣、特長、居住地點等話題。

> おしごと は？
> 他的工作是？

> サラリーマン です。
> 他是上班族。

> これ は だれ です か？
> 這是誰呢？

> せ が たかいです ね。
> 個子真高啊。

> どこ に います か？
> 他在哪裡？

> たいわんです。
> ／たいわん に すんでいます。
> 在台灣。／他住在台灣。

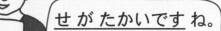

おしゃべり の コツ！ 職業的說法請參考章節 2 的內容。日語程度較高的人請談論照片是什麼時候、在哪裡拍攝的、在那裡做了什麼等話題。如果沒有照片，就請對方畫出來，並針對圖畫說明。

これだけ！

替今天做個總整理，一起填入詞彙吧！

かぞく は 　　　　　 にん です。

　　　　　 と 　　　　　 と 　　　　　 が います。

　　　　　 は 　　　　　 さい です。

（かぞく） 　　　　　 は 　　　　　 です（ます）。

（かぞく） 　　　　　 は 　　　　　 が 　　　　　 です。

（かぞく） 　　　　　 は 　　　　　 に すんでいます。

テレビばんぐみ

電視節目

請談論自己喜歡的電視節目。首先請指著圖詢問「好きですか？（喜歡嗎？）」和「見ますか？（會看嗎？）」。

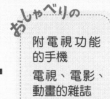

おしゃべりの
どうぐ箱

附電視功能的手機
電視、電影、動畫的雜誌

ニュース を みます か？
你會看電視新聞嗎？

いいえ、みません。
不看。

はい、みます。
看。
7 じ から 8 じ まで みます。
從 7 點看到 8 點。

えいが　電影

てんきよほう
天氣預報

ニュース　電視新聞

スポーツばんぐみ
運動節目

テレビ を みます
看電視

りょうりばんぐみ
料理節目

うたばんぐみ　音樂節目

アニメ　動畫

すもう　相撲

ポイント！　除了文字以外，也運用圖畫、數字、表情和肢體語言等任何方式來表達吧。「傳達訊息」是首要任務。

にほん の テレビ で なに が すき です か？
日本的電視節目中你喜歡什麼節目？

うたばんぐみ が すき です。
我喜歡音樂節目。

まいばん みます か？
每天晚上都看嗎？

ときどき みます。
經常會看。

表紙のうらを使ってみよう！
可參考封面内頁
「まいにち」「まいしゅう」「いつも」
「まいあさ」「まいばん」「ときどき」

まいあさ 8じ に みます。
每天早上 8 點看。

かぞく と みます。
和家人一起看。

ひとりで
獨自

おかあさん
媽媽

かぞく
家人

こいびと
戀人

おっと
先生

こども
小孩

おしゃべりの コツ！

★ 一邊看左頁，一邊進行二選一的選擇，若能詢問對方「どっちが好きですか？（喜歡哪一個？）」、「まいばん見ますか？（每天晚上都看嗎？）」、「だれと見ますか？（和誰一起看？）」等問句就能擴充話題。家人的稱謂大部分都列在章節 12 之中。

やってみましょう！

電視上受大家歡迎的運動是什麼呢？外國參加者的國家中受人歡
迎的運動又是哪一項呢？請選出前 3 名並決定排名順序。

にんき が ある
受歡迎

すもう　相撲

やきゅう　棒球

バスケ　籃球

サッカー　足球

たっきゅう
桌球

> ○○ では、**サッカー** が
> いちばん にんき が あります。
> 在○○，足球最受歡迎。

> **たっきゅう** も
> にんき が あります。
> 桌球也很受歡迎。

> **やきゅう** より **サッカー**
> のほうが にんき が あります。
> 足球比棒球受大家歡迎。

わたし の くに

1.

2.

3.

にほん

1. やきゅう
2. サッカー
3. すもう

（2003 年のデータ）

おしゃべりのコツ！★　這裡沒附上圖片的運動，請配合肢體語言等方式表達該運動的名稱。此外，也談論對方
喜歡的運動、在日本常進行的運動、自己在國內常進行的運動等來擴充話題吧。

おしゃべりしましょう！

請談論小時候常看的動畫。
另外，也試著詢問外國參加者的國家有什麼動畫吧。

こども のとき、まいしゅう ○○ を みました。
小時候，每個星期都會看○○。

それ は にほん の アニメ です か？
那是日本的動畫嗎？

アメリカ の アニメ です。
是美國的動畫。

アニメ　動畫

おしゃべり の コツ！

即使運用肢體語言也無法理解的話，就請對方畫下來吧。如果對方對動畫不感興趣，可
以大範圍地談論兩人常看的電視節目，如此就能擴充話題。

これだけ！

替今天做個總整理，一起填入詞彙吧！

＿＿＿＿じから（＿＿＿＿じまで）＿＿＿＿ を みます。

＿＿＿＿じ に ＿＿＿＿(ひと) と ＿＿＿＿ を みます。

にほん の テレビ で ＿＿＿＿ が すきです。

＿＿＿＿ では、＿＿＿＿ が いちばん に
んき が あります。

こども のとき、＿＿＿＿ を みました。

14 それ、いいです ね!

那真好!
請稱讚對方的持有物。對不錯的東西表示稱讚之意吧。

それ、いいです ね!
這個真不錯啊!

ありがとう!
謝謝!

とても かわいいです。
非常可愛。

かっこいいです
帥氣

かわいいです
可愛

おもしろいです
有趣

きれいです
漂亮

めずらしいです
稀有

いいです　不錯

これ　這個

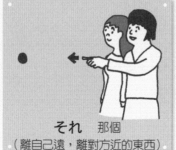

それ　那個
（離自己遠，離對方近的東西）

あれ　那個
（離兩人都遠的東西）

ポイント!　請善加運用表情或肢體語言，清楚表達目前是在詢問對方，還是在進行說明。

バッグ、いいです ね！
包包真不錯！
わたし も ほしいです。
我也想要一個。

これ です か？
這個嗎？
ありがとう！
謝謝你！

ぼうし
帽子

めがね
眼鏡

スカーフ
領巾

シャツ
襯衫

とけい
手錶

バッグ
包包

くつ
鞋子

どこ で かいました か？
在哪裡買的呢？

にほん で かいました。
在日本買的。

わすれました。
我忘記了。

これ、やすかったです。
這個很便宜。
デパート で かいました。
在百貨公司買的。

おしゃべり の コツ！

請看對方的持有物，找出優點並加以稱讚。若能一邊觸碰對方的持有物一邊說話，會比較容易理解。請觀察許多人的持有物及造型配件，提出「どこで買いましたか？（在哪裡買的？）」、「高かったですか？（貴嗎？）」等問題。

やってみましょう！

請比較圖片中的物品。選出自己喜歡的東西。

あ、これ、いいです ね。
啊，這個不錯耶。

かっこいいです ね。
真帥氣。

にほん の くるま です か？
是日本的汽車嗎？

たぶん、にほんです。
大概是吧。

なつのふく です ね。
夏季服飾對吧。

わたし は これ が
ほしいです。
我想要這個。

かわいいです ね。
真可愛。

○○さんは？
どれ が いいです か？
○○先生／小姐呢？
你喜歡哪一個？

そう です ね…。
これ が いいです。
嗯…，這個不錯。

おしゃべりの コツ！★ 若能試著將身邊所有人的手機排在一起，談論自己喜歡哪一款手機，就能擴充話題。此外，也可以帶汽車、手機的商品目錄或旅遊雜誌等，對方或自己感興趣的商品目錄或雜誌過來，看著這些資料進行交談。若是時尚雜誌，也可以請對方幫你選擇適合你穿戴的商品。

おしゃべりしましょう！

針對各圖片的標題，談論其優點和缺點。

にほん の うち は？
日本的房子如何？

きれいです。
漂亮。

にほん の うち
日本房子

せまいです。
狹窄。

おいしいです。
好吃。

たかいです。
價格很貴。

にほん の たべもの
日本的食物

おしゃべり の コツ！

★ 除此之外，請談論「超級市場」、「餐廳」等話題。也可以將話題從日本或自己的國家延伸到「我家」、「我家的料理」、「我常去的地方」等主題。

これだけ！

替今天做個總整理，一起填入詞彙吧！

それ、 [　　　　] です ね。

[　　　　] 、 いいです ね。

[　　　　] で かいました。

（これ／それ） [　　　] が いいです。

（にほん の うち／たべもの は） [　　　] です。

15 かいもの

買東西
請針對購物，談論買了什麼、在哪裡買的、和誰一起去買的等各種話題。

かいもの のとき、どこ に（へ） いきます か？
購物時會去哪裡呢？

いつも ひゃくえんショップ に（へ） いきます。
我都去 100 日圓商店。

スーパー　超級市場

コンビニ　便利商店

ひゃくえんショップ
100 日圓商店

デパート　百貨公司

じはんき　自動販賣機

ドラッグストア
藥妝店

たべもの　食物

のみもの　飲料

にちようひん
日用品

ポイント！ 請在臉上表現出自己的心情。面帶笑容說話、點頭、說「本当？（真的嗎？）」、「ドキドキ！（好興奮！）」、「不思議！（真神奇！）」等，將此刻的心情誠實地表現在臉上，就能讓談話變得更熱絡。如果過度專注於說明的內容，臉上就會變得沒有表情。

ふく
衣服

くつ
鞋子

くすり
藥品

ドラッグストア で
なに を かいます か？
在藥妝店裡會買什麼呢？

表紙のうらを使ってみよう！
可參考封面內頁
「いつも」、「ときどき」、「たまに」

くすり を かいます。
在藥妝店裡會買什麼呢？
たべもの も かいます。
會買藥品，也會買食物。

のみもの は ときどき、じはんき で かいます。
飲料經常從自動販賣機購買。

ひとりで いきます。
自己一個人去。

かぞく と いきます。
和家人一起去。

かぞく
家人

ともだち
朋友

かれし／かのじょ
男友／女友

ひとりで
獨自

おしゃべり
の
コツ！

也可以使用自己常去的店或對方可能會去的店的店名來進行談話。

やってみましょう！

比較兩者，談論自己會買哪一個。同時也敘述選擇的理由。

①

¥120

¥280

どっち を かいます か？
會買哪一個呢？

こっち を かいます。
買這個。

どうして です か？
為什麼呢？

そっち は たかい です から。
因為那個很貴。

②

¥177,000

¥138,000

 **おしゃべりのコツ！**

★ 除此之外，若能試著準備「スーパーのパン・パン屋のパン（超級市場的麵包、麵包店的麵包）」、「インスタントコーヒー・本物のコーヒー（即溶咖啡、真正的咖啡）」、「バター・マーガリン（奶油、乳瑪琳）」等二選一的問題來詢問，就能擴充話題。

おしゃべりしましょう！

請談論關於最近購物的各種情況。

どこ で？
在哪裡買？

いつ？
何時？

きんようび に いきました。
星期五去的。

なに を？
買了什麼？

ふく と くつ を かいました。
買了衣服和鞋子。

だれ と？
和誰一起去？

なに も かいませんでした。
什麼也沒買。

 おしゃべり の コツ！ ★ 帶傳單到課堂上，比較各店的價格，或互相分享下次要買的東西，也是很有趣的活動。

これだけ！ 替今天做個總整理，一起填入詞彙吧！

いつも ☐☐☐ に（へ） いきます。

☐☐☐ で ☐☐☐ を かいます。

☐☐☐ と いきます。

こっち を かいます。 ☐☐☐ ですから。

（ようび） に いきました。

☐☐☐ と ☐☐☐ を かいました。

16 びっくり しました！

吃了一驚！
請談論自己感到驚訝的事情。

にほん で なに に
びっくりしました か？
在日本對什麼事感到驚訝呢？

ラッシュ のとき、
びっくりしました。
對尖峰時刻的情況感到驚訝。

くだもの の ねだん に びっくりしました。
對水果的價格感到驚訝。

ラッシュ　尖峰時刻

ファッション　流行時尚

¥100　¥5000
くだもの の ねだん
水果的價格

¥5,000,000　¥800,000
たかいです／やすいです
貴／便宜

おおいです／すくないです
多／少

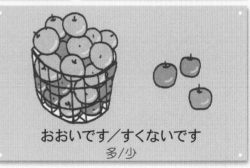

どうしてです か？
為什麼呢？

ひと が おおいですから。
因為人很多。

たかいですから。
因為很貴。

ポイント！ 請看對方的表情。一定能從表情知道對方目前的狀態。現在對方看起來開心嗎？他的表情是「我充分理解！」、「很滿足！」還是「真困難啊」、「？？」呢？從對方的表情可以得到許多線索。

たいふう　颱風

じこ　事故

じしん　地震

テレビ　電視

ニュース　電視新聞

しんぶん　報紙

テレビ で しりました／みました。
在電視上知道了／看到了。

じしん は こわかったです。
地震真恐怖。

すごいです
厲害

こわいです
恐怖

しんぱいです
令人擔心

おしゃべりの
コツ！

請以圖片為根據，回想自己感到驚訝的經驗，並進行談話。除了自己的經驗之外，若能加入在電視上看到的事情或從報紙得知的消息等，就能擴充話題。

タクシー
計程車

しんかんせん
新幹線

でんしゃ
電車

バス
公車

にほん は でんしゃ が はやいです ね！
日本的電車速度很快對吧！

タクシー は たかいです ね。
計程車很貴吧。

たいわん の バス は にほん より やすいです。
台灣的公車比日本便宜。

はやいです／おそいです
快／慢

きれいです／きたないです
整潔／骯髒

おしゃべりの
コツ！★
請談論關於交通機關的話題。若能介紹「單軌鐵路」、「地鐵」、「市營電車」等該地區經常使用的交通工具，就能擴充話題。請一邊比較對方國內情況，一邊談論對什麼感到驚訝、為什麼感到驚訝等話題。

やってみましょう！

看到 100 日圓商店或自動販賣機等地方販售的商品，你不曾感到驚訝嗎？
請談論讓你感到驚訝的物品，並畫出圖來。

じはんき
自動販賣機

ひゃくえんショップ
100 日圓商店

じはんき に はな は
ありますか？
自動販賣機有賣花嗎？

たぶん あります！
應該有！

じはんき
自動販賣機

ほんも!?
連書也有！？

ひゃくえんショップ
100 日圓商店

ほんとう に!?
真的嗎！？

★ 如果能在自己的持有物中，找出實際在 100 日圓商店或自動販賣機購買的東西，就更能帶起話題。

やってみましょう！

請將自己城鎮的倒垃圾規定填入空格中。
首先，請試著談論表格與自己城鎮情況的相異點。

ゴミだし
倒垃圾

びっくりしました！
真令我驚訝！
たいへんですから。
因為很麻煩。

そう です ね。
你說得沒錯。

	ゴミ			ゴミ
げつようび 星期一	なまゴミ 廚餘	かみ 紙類	**げつようび** 星期一	
かようび 星期二	カン、ビン 瓶罐		**かようび** 星期二	
すいようび 星期三	ペットボトル 寶特瓶		**すいようび** 星期三	
もくようび 星期四	なまゴミ 廚餘	かみ 紙類	**もくようび** 星期四	
きんようび 星期五	しげん 資源垃圾		**きんようび** 星期五	

おしゃべりの
コツ！ ★ 如果有垃圾分類表，請與此頁的表格作比較。如果你有搬家的經驗，也可以和先前居住的地方進行比較。

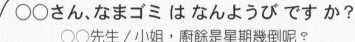

おしゃべりしましょう！

請以左頁表格中所填的資料為根據進行談話。
接著談論是否和左頁中的範例相同。

○○さん、なまゴミ は なんようび です か？
○○先生／小姐，廚餘是星期幾倒呢？

もくようび です。
星期四。

おなじです ね。
和我一樣呢。

カン も おなじです か？
鐵鋁罐也一樣嗎？

ちがいます。　不一樣。
きんようび に だします。
是星期五倒的。

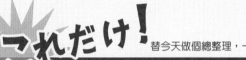

若能比較彼此國內的情形就能擴充話題。不過，除了相異點之外，也可以針對可能相同的事物進行談話。

これだけ！

替今天做個總整理，一起填入詞彙吧！

☐☐☐☐ のとき、びっくりしました。

☐☐☐☐ に びっくりしました。

☐☐☐☐ で しりました。

（たいふう／じこ／じしん）は ☐☐☐☐ かったです。

にほん は、☐☐☐☐ が ☐☐☐☐ です ね。

☐☐☐☐ は、たぶん じはんき に あります。

17 わたし の へや

我的房間
請說明房間内的物品。

おしゃべりの
- 自己房間的照片
- 公寓大廈或房屋的廣告
- 塗鴉用紙

どうぐ箱

へや に テレビ が ありますか？
房間裡有電視嗎？

はい、あります。
有。

いいえ、ありません。
沒有。

つくえ／テーブル　書桌/桌子
でんき　電燈
とけい　時鐘
ドア　門
かがみ　鏡子
CD プレーヤー　CD 音響
パソコン　個人電腦
まど　窗戶
カーテン　窗簾
テレビ　電視
ガス　瓦斯
すいどう　自來水
いす　椅子
だいどころ　廚房
ソファ　沙發
ベランダ　陽台

へや に なに が ありますか？
房間裡有什麼東西呢？

いす と テーブル が あります。
有椅子和桌子。

とけい も あります。
還有時鐘。

いぬ が います。
有狗。

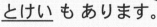
請站在對方的立場上確認你使用的詞語。如果對方是初學者，多考慮對方的心情慢慢進行對話，對方也會比較放心。

わしつ　日式房間

どっちが すきです か？
你喜歡哪一個？

ようしつ　西式房間

これは にほんごで
なんですか？
這個在日語怎麼說？

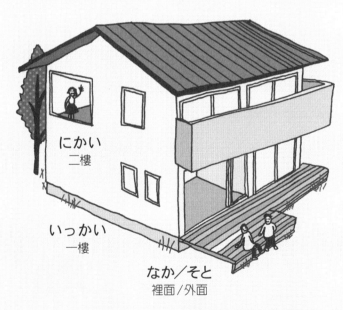

にかい
二樓

いっかい
一樓

なか／そと
裡面／外面

うしろ
後面

となり
隔壁

となり
隔壁

まえ
前面

おしゃべりの コツ！★　如果想針對房子的優缺點進行談話，可以使用章節 10 的內容。請一邊出示房間的照片，一邊說出此物品的日語說法。也可以說說教室中各種設備的名稱。若能告訴對方床、窗戶、榻榻米、電燈、電視、鍋子等對方可能有興趣的東西名稱，就能擴充話題。

やってみましょう！
請試著畫出自己的房間。

ベッド は あります か？
有床嗎？

いつ これ を かいました か？
什麼時候買下這個的呢？

テレビ は どこ に あります か？
電視在哪裡？

パソコン が ほしいです。
我想要個人電腦。

ソファ を かいたいです。
我想買沙發。

 おしゃべりの コツ！

畫出自己的房間後，可以勸誘對方一起畫。首先，請不要指出物品，說出自己房間中的家具名稱。接著，再指著該家具，向對方介紹：「これはベッドです（這是床）」。如果是房間圖畫中沒有的東西，使用「ベッドは二階にありますか？（床是在二樓嗎？）」等問句進行確認，或互相說出自己想要的東西，就能擴充話題。

おしゃべりしましょう！

請談論關於暖氣設備或冷氣設備的話題。
請互相分享現存存在於房間裡的東西。

> エアコン より せんぷうき の
> ほうが すきです。
> 我喜歡電風扇勝過空調。

> こたつ は あたたかいです。
> 暖爐桌很溫暖。

エアコン
空調

こたつ
暖爐桌

でんきストーブ
電暖爐

せんぷうき
電風扇

おしゃべりの コツ！

★ 難以理解的東西請為對方畫出圖來。若能詢問日本和對方國家的暖氣／冷氣設備有何不同等問題，就能擴充話題。請一併確認雙方的共通點。

これだけ！

替今天做個總整理，一起填入詞彙吧！

へや に ☐☐☐ と ☐☐☐ が あります。

☐☐☐ も あります。

これ は にほんご で、☐☐☐ です。

☐☐☐ を かいたいです。

☐☐☐ が ほしいです。

☐☐☐ より ☐☐☐ のほうが すきです。

おしゃべりを楽しく続けるためのコツ

この本を使って、より効果的に楽しくおしゃべりを続けるためのコツを集めてみました。

ポイント！1

心構え

実際に会話を始める前の心構えです。

笑顔で、楽しく。

なにはなくてもまず笑顔。笑顔は、万国共通に、自然と人を楽しい気持ちにさせます。

尊敬の気持ちで。

日本語教室に来る外国人参加者は、多少、日本語ができなくても、私たちの知らないことをたくさん知っているはず。相手に敬意を持って、いろいろ教えてもらうという気持ちで接しましょう。

いっしょに学ぶ。

おしゃべりするのが、この本の目的です。日本人参加者の皆さんは「日本語を教えなくちゃ」とはりきらなくてもだいじょうぶ。おしゃべりしながら、新しい発見ができ、そこに新たな学びがあるはずです。

がまんづよく、根気づよく。

初級の外国人参加者は、何か言いたくても、すぐには言葉にできない、言葉がわからない、ということが多いです。根気よく、相手の言いたいことを理解するよう努力しましょう。

一回であきらめない。

日本人参加者の日本語を、初級の外国人参加者は、十分に理解できないでしょう。一度で伝えられなくても、言い方を変えたり、ジェスチャーや絵を使ったり、表情を変えたり、ほかの日本人参加者に協力を求めたりと、いろいろな方法をためしましょう。

ポイント！2

聞き上手になること

自分の話は長くならないようにして、相手の話をうまく引き出しましょう。うまく引き出すためには…

自分だけが話しすぎない。

あくまで、主役は、外国人参加者です。気付いたら話していたのは自分だけ、という状況にならないようにしましょう。

だまって、相手の話が終わるのを待つ。

一度相手が話し始めたら、途中でとめないで、最後まで辛抱強く待ちましょう。途中で相手が沈黙してしまったときも、少し待っていると、何か話してくれるかもしれません。終わったとき、相手の話の内容がわかったら「そうですねえ」などと合図をしましょう。わからなかったときは、聞き返しましょう。

あいづちをうったり、うなずいたりする。

相手の話が終わるのを待っている間は、「うんうん」「へー」「そう」のようなあいづちをうったり、だまってうなずいたり、じっと笑顔で目を見たりして話しやすい雰囲気を作ってあげましょう。

相手の言った言葉を繰り返してみる。

何か相手から言葉が出てきたら、とりあえず、繰り返してみましょう。そこからもっと違う話が広がるかもしれません。

間違っていたらさりげなく、直して繰り返してみる。

相手の言葉づかいが間違っていたら（例：昨日行きます）さりげなく、言い換えて（例：昨日行きました）繰り返してみましょう。

ポイント！3

やさしい日本語を話すこと

相手の目を見て、常に自分の言葉が伝わっているか確認しましょう。相手に伝わっていない場合は、自分の日本語を以下のようにコントロールしましょう。

ゆっくり、はっきり
発音してみる。

普通に話すよりも、ゆっくり、はっきり発音しましょう。伸ばす音（おとうさん・おかあさん）、詰まる音（いって・きって）などに注意しましょう。声を大きくする必要はありません。

できるだけかんたんな
言葉に言い換える。

難しい漢語じゃなくて、小学生でもわかるようなかんたんな言葉にしましょう。例えば、「朝食」でわからなかったら、「朝ごはん」と言い換えましょう。

短い文で言いなおす。

一つの文は「○○です」「○○します」のように、短く言いましょう。

いろいろな質問文
を使ってみる。

質問文は、「明日行きますか」のように「はい・いいえ」で答えられるものもあれば、「明日はどうしていきますか」のように、答えを自分で考えなければならないのもあります。相手のレベルに合わせていろいろな質問の形を使いましょう。

質問しているのか、
説明しているのか、
はっきりさせる。

相手に何か尋ねているのか、それとも、自分が何か説明しているのか、どっちなのかを表情やジェスチャーではっきり示しましょう。

ポイント！4

使えるものは何でも使う

日本語をコントロールしてもわかってもらえないときはいろんな手段でコミュニケーションをしましょう。

文字を書いてみる。

この言葉は絶対に、理解してもらわないとおしゃべりが続かない、というキーワードは文字で書いてみましょう。「表紙のうら」のかな表を利用しましょう。

絵や数字を書いてみる。

文字がだめなら、絵や数字で伝えましょう。

言葉以外の手段も使う。

ジェスチャー・表情など使えるものは何でも使いましょう。

「比較」してみる。

例えば、「古い」という言葉の意味は、「古い家」と「新しい家」の絵を描きましょう。比べることで理解してもらえるでしょう。

訳してみる。

どうしても伝わらないとき、特に日本語がまったく話せない外国人参加者に対しては、巻末の語彙表を使ってこの本のイラストを探したり、辞書を使って母語でわかってもらいましょう。外国人参加者の多くの母語に対応できるよう辞書や指さし会話帳などをそろえておくと役立ちます。

這裡收錄了一些幫助你在使用本書時更有效、更愉快地持續與人交談的祕訣。

ポイント！1　　　　　　　　　　　　　　　心理準備

這裡告訴你實際展開對談前應做好哪些心裡準備。

帶著笑容，抱著愉悅的心。

首先最重要的就是微笑。笑容是世界共通的語言，能自然而然讓人心情愉快。

抱著尊敬的心。

來到日語班的外國參與者，即使不懂日語，應該還是知道許多我們所不知道的事。請抱著尊敬對方的心，以向對方學習的態度和對方相處。

教學相長。

交談是本書最大的目的。日本參與者無須過於緊張，認為「一定要教對方日語」。在交談的同時，教的一方應該也能有新的發現，並從中學習新事物。

有耐心、有毅力。

初級的外國參與者即使想表達，往往也無法立刻轉換為語言，或不知道那些詞語怎麼說。請抱持著耐心毅力，努力理解對方想說什麼。

不輕易放棄。

初級的外國參與者通常無法完理解日本參與者所說的日語。即使第一次無法傳達清楚，也請嘗試各種方法表達，例如：改變說法、利用肢體語言或圖畫、改變表情，或尋求其他日本參與者的協助。

ポイント！2　　　　　　　　　　　　　成為善於傾聽的人

請盡可能避免說出過長的內容，並巧妙地引導對方說話。為了引對方開口⋯

不要自己單方面說太多。

歸根究底，主角依然是外國參與者。談話進行到一半可能會突然發現都是自己單方面在說話，請盡量避免這種情況發生。

停下來，等對方說完。

對方一旦開始說話，就請不要中斷對方的發言，有耐心地等對方說完。即使對方中途突然沉默下來，也要稍微等待一下，說不定他還有話要說。對方說完後，如果你聽得懂對方在說什麼，請以「そうですねえ（這樣啊）」等發言示意。不清楚對方說什麼時，請反問對方。

隨聲附和，點頭示意。

等待對方說完話的期間，請以「うんうん（嗯）」、「へー（喔）」、「そう（這樣啊）」等詞語附和，或是沉默地點點頭、持續微笑並看著對方的眼睛等，製造出容易進行對話的氣氛。

試著重覆對方的發言。

對方作出發言後，總之先試著重覆對方的話吧。如此一來或許會延伸出其他不同的談話內容也說不定。

對方說錯話時，試著不著痕跡地改正並重覆說出。

對方的遣詞用句出現錯誤時（例如：昨日行きます），請試著不著痕跡地改為正確說法（例如：昨日行きました）重覆說出。

ポイント！3　使用簡單的日語

請看著對方的眼睛，時常確認自己的發言是否確實傳達。對方不懂自己的意思時，請以下列方法調整自己使用的日語。

試著緩慢、清楚地發音。

請用比平常更慢、更清楚的方式發音。特別注意長音（おとうさん、おかあさん）、促音（いって、きって）等的發音。沒有必要把說話音量加大。

盡量改用簡單的詞語

請不要使用艱深的漢字詞，而是使用小學生也懂的簡單詞語。舉例來說，如果不懂「朝食」的話，請改用「朝ごはん」。

改用短句表達。

一句話請以「○○です」、「○○します」簡短地表達。

試著使用各種問句。

問句分為「明日行きますか」這種以「はい、いいえ」回答的提問，以及「明日はどうしていきますか」這種必須自己思考答案的提問。請配合對方的日語程度使用各種形式的問句。

清楚表達是提問還是說明。

請清楚地以表情或肢體語言表示自己目前是在詢問對方事情，還是在向對方說明事情。

ポイント！4　使用任何可利用的物品

即使調整日語說法依然無法讓對方理解時，請以各種方法進行溝通。

試著寫下文字。

如果不理解這個詞語的話絕對無法繼續進行對話，此情況下請試著寫下這個關鍵字。可利用「封面內頁」的假名表。

試著畫圖或寫下數字。

如果文字行不通，請利用圖畫或數字表達。

也可使用語言以外的溝通方法。

請使用肢體語言、表情等任何可利用的方法。

試著「比較」。

舉例來說，說明「古い」的含義時，請畫出「舊房子」和「新房子」的圖。藉由比較應該就能讓對方理解。

試著翻譯。

任何方法都無法正確傳達，特別是面對完全不會說日語的外國參與者時，請使用書末的語彙表來尋找本書中的圖片，或使用字典以對方的母語讓對方理解。事先準備好可因應多數外國參與者之母語的字典或手指會話冊等，將會很有幫助。

語彙表

あ

アイスクリーム T8

あかるいです 《あかるい》 T10

あき T6

あきはばら T5

アクセサリー T7

あさ T0, T1, T3, 表紙のうら

あし T9

あした 表紙のうら

あそこ 表紙のうら

あたたかいです 《あたたかい》 T6, T17

あたま T9

あたらしいです 《あたらしい》 T10

あついです 《あつい》 T6

あったら T7

あっち T4, 表紙のうら

アニメ T13

アパート T10

あまいです 《あまい》 T1

あまいもの T8

あめ T0, 表紙のうら

アメリカ T2, T13

ありがとう（ございます）T0, T14

あります 《ある》 T2, T4, T6, T10, T13, T16, T17, 表紙のうら

あるいて 《あるく》 T4

あるきます 《あるく》 表紙のうら

あれ T14, 表紙のうら

い

い T9

いいです 《いい》 T10, T14

いいえ T0, T1, T9, T11, T13, T17, 表紙のうら

いえ T7

いきます 《いく》 T3, T4, T5, T7, T15, 表紙のうら

イギリス T2

いくつ 表紙のうら

いくら？ T5

いざかや T11

いす T0, T17

いそがしいです 《いそがしい》 T9, 表紙のうら

いたいです 《いたい》 T9

いちばん T6, T8, T9, T11, T13, 表紙のうら

いつ T3, T5, T6, T15, T17, 表紙のうら

いっかい T17

いっこ T7

いっしょ T11

いつも T15, 表紙のうら

いぬ T8, T17

いま T2, T6

います《いる》 T2, T6, T12, T17, 表紙のうら

いもうと T2, T12

インド T2

インドネシア T2

う

ウイスキー T11

うしろ T17

うたばんぐみ T13

うち T2, T4, T10, T11, T14

うで T9

うどん T1

うみ T5

うみのひ T6

うめぼし T8

うんてん T12

うんどう T3

え

エアコン T17

えいが T13

えいがかん T10

えき T4, T10, 表紙のうら

えだまめ T11

えんぴつ T0

お

おいしいです《おいしい》 T5, T8, T14, 表紙のうら

おおいです《おおい》 T16

おおきいです《おおきい》 T12

おおさか T5

オーストラリア T2

おかあさん T2, T12, T13

おかね T7

おきなわ T5

おきます《おきる》 表紙のうら

おくに → くに

おくります《おくる》 T4

おさきに T0

おさけ T11

おじいさん T12

おしごと → しごと

おしゃべり T8

おしょうがつ T6

おしり T9

おそいです《おそい》T16

おちゃ T1

おつかれさまでした T0

おっと（ごしゅじん）T12, T13

おとうさん T2, T12, 表紙のうら

おとうと T12

おなか T9

おなじです《おなじ》T16

おにいさん T12

おねえさん T2, T12

おばあさん T12

おはよう（ございます）T0

おふろ T3, T9

おもいです《おもい》T0

おもしろいです《おもしろい》T3, T8, T14, 表紙のうら

おやすみなさい T0

おんがく T3, T8

おんせん T7

か

カーテン T17

かいごし T2

かいしゃ T11

かいます《かう》T4, T7, T14, T15, T17, 表紙のうら

かいもの T8, T15, 表紙のうら

かえります《かえる》T6, T7

かお T9, T12

かがみ T17

がくせい T2, 表紙のうら

カクテル T11

かじ T3, T9

ガス T17

かぜ T9, 表紙のうら

かぞく T5, T11, T12, T13, T15, 表紙のうら

かた T9

〜がつ T5, T6, 表紙のうら

かっこいいです《かっこいい》T12, T14

がっこう T3, T10, 表紙のうら

カナダ T2

かのじょ T5, T11, T12, T15

かばん T0, T7

かみ（髪）T12

かみ（紙）T16

かゆいです《かゆい》T9

かようび T16, 表紙のうら

からいです《からい》T1

カラオケ T12

からだ T9

カレー T8

かれし T5, T11, T12, T15

かわ T5

かわいいです 《かわいい》 T12, T14

カン T16

かんこく T6

かんぱい T11

き

きおん T6

ききます 《きく》 T0, T3

きたないです 《きたない》 T16

きのう 表紙のうら

きます 《くる》 T6

きゅうしゅう T5

ぎゅうにゅう T1

きょう 表紙のうら

きょうだい T12

きょうと T5

きらいです 《きらいな》 T8, 表紙のうら

きれいです 《きれいな》 T5, T12, T14, T16

きんようび T15, T16, 表紙のうら

く

くすり T9, T15, 表紙のうら

くだもの T1, T8, T16, 表紙のうら

くち T9, T12

くつ T7, T14, T15

くに T2, T6, T7, T12, T13

くび T9

くもり T0

くらいです 《くらい》 T10

クラシック T8

くるま T4, T7, T14, 表紙のうら

け

けいさつ T4

けいろうのひ T6

ケーキ T8

ゲーム T7, T8

けっこんします 《けっこんする》 T6

げつようび T16, 表紙のうら

げんきです 《げんきな》 T0, T9, 表紙のうら

こ

こいびと T13

こうえん T4, T10

こうちゃ T1, T11

コーヒー T1, T11

ここ T2, T4, T9, 表紙のうら

こし T9

こそだて T3, T9

こたつ T17

こっち T4, T10, T15, 表紙のうら

～こと T11

こども T5, T6, T12, T13

こどものせわ T3, T9

こどものひ T6

ごはん T3, 表紙のうら

ゴミ T16

ゴミだし T16

ごめんなさい T0

これ T8, T11, T12, T14, T17, 表紙のうら

こわいです 《こわい》T16

コンサート T7

こんにちは T0

こんばんは T0

コンビニ T4, T10, T15, 表紙のうら

さ

さかな T1

さぎょういん T2

サッカー T8, T12, T13

さむいです 《さむい》T6

さようなら T0

サラダ T1

サラリーマン T2, T12

さる T8

ざんぎょう T3

サンパウロ T2

し

しおからいです 《しおからい》T1

じかん T4, T10

しげん T16

じこ T16

しごと T2, T3, T6, T9, T12

じしん T16

しつれいします 《しつれいする》T0

じてんしゃ T4, 表紙のうら

じはんき T15, T16

シャツ T14

ジュース T1, T11

しゅくじつ T6

しゅふ T2, 表紙のうら

しゅんぶんのひ T6

じょうずです 《じょうずな》T8, T12

しょうちゅう T11

しります 《しる》T16

しんかんせん T5, T16

しんぞう T9

しんぱいです 《しんぱいな》T16

しんぶん T16

す

すいどう T17

すいみん T3

すいようび T16, 表紙のうら

スーパー T3, T4, T10, T15, 表紙のうら

スカーフ T14

すきです 《すきな》T1, T8, T11, T12, T13, T17, 表紙のうら

すきやき T1, T8

すくないです 《すくない》T16

すごいです 《すごい》T16

すし T1, T8

すずしいです 《すずしい》T6

すっぱいです 《すっぱい》T1

スポーツ T8

スポーツばんぐみ T13

すみます 《すむ》T10

すみません T0

すもう T8, T13

すんでいます 《すむ》T0, T12, 表紙のうら

せ

せ T12, 表紙のうら

せかいりょこう T7

せなか T9

せまいです 《せまい》T10, T14, 表紙のうら

せんせい T2

せんたく T3

せんぷうき T17

そ

そうじ T3

そうです T8, T9, T14, T16, 表紙のうら

そこ T9, 表紙のうら

そつぎょう T6

そっち T15, 表紙のうら

そと T17

そば T1, T8

ソファ T17

ソフトドリンク T11

それ T6, T13, T14, 表紙のうら

た

たいいくのひ T6

だいじょうぶです 《だいじょうぶな》T0, T9

だいすきです 《だいすきな》T8

だいどころ T17

たいふう T16

たいぺいし T2

たいへんです 《たいへんな》 T3, T9, T16, 表紙のうら

たいわん T2, T6, T7, T12, T16

たかいです 《たかい》 T5, T7, T12, T14, T15, T16, 表紙のうら

タクシー T16

たこやき T8

だします 《だす》 T16

たっきゅう T8, T13

たのしいです 《たのしい》 T5, T8, 表紙のうら

たぶん T6, T7, T8, T14, T16, 表紙のうら

たべます 《たべる》 T1, T3, T8, T11, 表紙のうら

たべもの T14, T15

たまご T7, 表紙のうら

だれ T2, T5, T11, T12, T15, 表紙のうら

たんじょうび T6

ち

ちいさいです 《ちいさい》 T12

ちかいです 《ちかい》 T4, T5, T10

ちがいます 《ちがう》 T16, 表紙のうら

ちゅうか T11

ちゅうごく T11, 表紙のうら

ちゅうしゃじょう T10

チューハイ T11

ちょきん T7

ちょきんします 《ちょきんする》 T7

チョコレート T8

つ

つかれています 《つかれる》 T9

つくえ T0, T17

つま（おくさん） T12

つまらないです 《つまらない》 T8

て

て T9

テーブル T17

デパート T14, T15

テレビ T3, T7, T13, T16, T17, 表紙のうら

てんいん T2

でんき T0, T17

でんきストーブ T17

でんきや T4

てんきよほう T13

でんしゃ T4, T16

てんぷら T1, T8

と

ドア T17

どう T9, 表紙のうら

とうきょう T5, 表紙のうら

どうして T8, T10, T15, T16, 表紙のうら

どうぞ T0

どうぶつ T8

どうも T0

どうやって T5, 表紙のうら

とおいです 《とおい》 T4, T5, T10

ときどき T3, T13, T15, 表紙のうら

とけい T14, T17

どこ T2, T4, T5, T6, T11, T12, T14, T15, T17, 表紙の
うら

どっち T8, T10, T15, T17, 表紙のうら

とても T14

となり T17

どの 表紙のうら

ともだち T5, T11, T12, T15

どようび 表紙のうら

ドラッグストア T15

どれ T8, T11, T14, 表紙のうら

どんな 表紙のうら

な

ないぞう T9

なか T17

ながいです 《ながい》 T12

なごや T5

なつ T6, T14

なっとう T8

なに T1, T6, T7, T8, T10, T11, T13, T15, T16, T17,
表紙のうら

なにも～たくないです T7

なにも～ないです 表紙のうら

なにも～ません 表紙のうら

なにも～ませんでした T1, T15

なまえ T4

なまゴミ T16

なんがつ 表紙のうら

なんこ 表紙のうら

なんさい T12, 表紙のうら

なんじ 表紙のうら

なんですか？ T2, T8, T17, 表紙のうら

なんど T6

なんにち 表紙のうら

なんにん T12

なんねん 表紙のうら

なんの〜ですか？ T6

なんばい T11, 表紙のうら

なんようび T16, 表紙のうら

に

にく T1

にちようび T3, 表紙のうら

にちようひん T15

にほん T1, T6, T7, T13, T14, T16, 表紙のうら

にほんご T17, 表紙のうら

にほんしゅ T11

にほんりょうり T8

にもつ T4

ニュース T13, T16

にんき T13

ね

ねこ T8

ねだん T16

ねます 《ねる》 T9

ねむいです 《ねむい》 T9

の

のうか T2

のど T9

のとき T5, T9, T13, T15, 表紙のうら

のほうが T4, T7, T8, T10, T13, T17, 表紙のうら

のみます 《のむ》 T1, T9, T11, 表紙のうら

のみもの T15

は

は T9

はい T0, T1, T8, T9, T10, T11, T13, T17, 表紙のうら

はい（肺）T9

バイジュウ T11

バイバイ T0

はいります 《はいる》 T3

はじめまして T0

バス T5, T16

バスケ T13

パスタ T1

パソコン T3, T7, T17

はたらきます 《はたらく》 表紙のうら

バッグ T14

はな（鼻）T9, T12

はな（花）T16

はなします 《はなす》 T0

バナナ T1

はやいです 《はやい》 T16

はる T6

はれ T0

ばん 表紙のうら

パン T1, T7

パンや T10

ひ

ひ T6

ビール T11, 表紙のうら

ひくいです《ひくい》 T12

ひげ T12

ひこうき T5

ひざ T9

ひじ T9

びっくりします《びっくりする》 T16

ひと T11, T16

ひとり T12

ひとりで T5, T11, T13, T15

ひゃくえんショップ T15, T16

びょういん T10

ひる T0, 表紙のうら

ひろいです《ひろい》 T10

ひろしま T5

ビン T16

ふ

ファーストフード T8

ファッション T16

プール T3

ふく T7, T14, T15

ふじさん T5

ふとっています《ふとる》 T12

ふね T5

ふゆ T6

ブラジル T2

ブランデー T11

ふるいです《ふるい》 T10

へ

へたです《へたな》 T8

ベッド T17

ペット T12

ペットボトル T16

へや T17, 表紙のうら

ベランダ T17

ペルー T2

ヘルパー T2

べんきょう T3

べんきょうします《べんきょうする》 表紙のうら

べんりです《べんりな》T10

ほ

ぼうし T14

ほしいです《ほしい》T7, T10, T14, T17, 表紙のうら

ほっかいどう T5

ほん T0, T16

ほんとう T16

ほんや T10

ま

まあまあです《まあまあな》T8

まいあさ T13, 表紙のうら

まいしゅう T13, 表紙のうら

まいにち T3, 表紙のうら

まいばん T3, T13, 表紙のうら

まえ T17

まずいです《まずい》T8

まど T0, T17

み

みかん T8, 表紙のうら

みじかいです《みじかい》T12

みず T1

みせ T4

みみ T9, T12

みます《みる》T0, T3, T13, T16

む

むすこ T12

むすめ T12

むね T9

め

め T9, T12

めがね T14

めずらしいです《めずらしい》T14

めだまやき T1

めんどうくさいです《めんどうくさい》T3

も

もういちど T0

もくようび T16, 表紙のうら

や

やきとり T11

やきゅう T13

やくしょ T4

やさい T1, T4

やすいです 《やすい》T4, T5, T7, T14, T16, 表紙のうら

やすみ T6

やせています 《やせる》T12

やちん T10

やま T5

ゆ

ゆうえんち T7

ゆうがた　表紙のうら

ゆうびんきょく T4

ゆび T9

よ

ようしつ T17

ようちえん T3

よる T0

ら

らいねん T6

ラッシュ T16

り

りょうり T1, T3, T8, T12

りょうりばんぐみ T13

りょこう T5, T8, 表紙のうら

りんご T7, T8, 表紙のうら

れ

レストラン T4, T11

ろ

ロシア T2

ロック T8

わ

ワイン T11, 表紙のうら

わかります 《わかる》T0, T6, T8

わしつ T17

わすれます 《わすれる》T14

わたし T0, T7, T8, T9, T12, T13, T14, 表紙のうら

わるいです 《わるい》T9

C

CD プレーヤー T17

新式樣裝訂專利 請勿仿冒
專利號碼　M249906 號

本書原名—「にほんごこれだけ！1」

日語！就這麼簡單 1

2012 年（民 101）2 月 1 日 第 1 版 第 1 刷 發行

定價 新台幣：280 元整

監　　修	庵　功雄	
授　　權	株式会社ココ出版	
發 行 人	林　　寶	
總　　編	李　隆　博	
責任編輯	高　莉　安	
封面設計	詹　政　峰	
插　　圖	たけなみゆうこ（株式会社コトモモ社）	
發 行 所	大新書局	
地　　址	台北市大安區 (106) 瑞安街 256 巷 16 號	
電　　話	(02)2707-3232・2707-3838・2755-2468	
傳　　真	(02)2701-1633・郵 政 劃 撥：00173901	
登 記 證	行 政 院 新 聞 局 局 版 台 業 字 第 0869 號	

香港地區	香港聯合書刊物流有限公司
地　　址	香港新界大埔汀麗路 36 號 中華商務印刷大廈 3 字樓
電　　話	(852)2150-2100
傳　　真	(852)2810-4201

動詞	どうし いきます、あります、かいます、べんきょうします、はたらきます、たべます、のみます

～ます／ません

とうきょうに（へ）いきます／いきません

我去 / 不去東京

～ました／ませんでした

とうきょうに（へ）いきました／いきませんでした

我去了 / 沒去東京

名詞	めいし あめ、がくせい、にほん
ナ形容詞	な・けいようし すきです、きらいです、たいへんです

～です／じゃないです

きょうはあめです／あめじゃないです

今天下 / 不下雨

りんごがすきです／すきじゃないです

我喜歡吃 / 不喜歡吃蘋果

～でした／じゃなかったです

きのうはあめでした／あめじゃなかったです

昨天下雨了 / 沒下雨

りんごがすきでした／すきじゃなかったです

我以前喜 / 不喜歡吃蘋果

イ形容詞	い・けいようし たのしいです、おもしろいです、いそがしいです、たかいです

～いです／くないです

りょこうはたのしいです／たのしくないです

旅行很愉快 / 不愉快

～かったです／くなかったです

りょこうはたのしかったです／たのしくなかったです

旅遊玩得很愉快 / 不愉快

はい／いいえ（そうです／ちがいます）

やまださんはしゅふですか？　はい そうです／いいえ ちがいます

山田是家庭主婦嗎？是的 / 不是的

げんきですか？　はい げんきです／いいえ げんきじゃないです

你好嗎？ 我很好 / 不，我不好。

がっこうに（へ）いきますか？　はい いきます／いいえ いきません

你去學校嗎？ 我去 / 我不去。

～たいです／たくないです　［動詞（どうし）＋たいです］

くるまをかいたいです／かいたくないです

我想 / 不想買車。

たぶん

たぶんスーパーにあります

超市可能有賣

いちばん

ビールがいちばんすきです

我最喜歡喝啤酒

～のとき

かぜのとき、くすりをのみます

感冒的時候要吃藥

なにも～ないです／ません

なにもほしくないです

什麼也不想要

なにもかいません

什麼也不買

～ですから

A：りんごがすきです
B：どうしてですか？
A：おいしいですから

A：我喜歡吃蘋果
B：為什麼？
A：因為蘋果好吃

1234567…＋こ／にん／はい

りんごを5こたべました

我吃了五個蘋果

かぞくは3にんいます

我家有三個人

ビールを5はいのみました

我喝了五杯啤酒

これ・それ・あれ／どれ？

これ、それ、あれ　（トピック14参照）

這個、那個

こっち、そっち、あっち

這邊、那邊

ここ、そこ、あそこ

這裡、那裡